LE VIOLONISTE

PAOLO MAURENSIG

LE VIOLONISTE

Roman

Traduit de l'italien
par Nathalie Bauer

FEUX CROISÉS

PLON

TITRE ORIGINAL

Canone inverso

Collection Feux Croisés
dirigée par Ivan Nabokov

ISBN Plon : 2-259-18618-1
ISBN Edition originale (Mondadori) : 88-04-40780-8

A Sonia

On raconte, au sujet de l'origine des instruments à cordes, que la déesse Parvati, épouse de Shiva, s'apitoyant sur le destin qui attendait l'homme au cours de son aventure terrestre, décida de le munir d'un objet qui le protégerait des démons et lui permettrait de retrouver sur terre, chaque fois qu'il le désirerait, le monde des dieux. Mais Shiva, jaloux de tant d'attentions, détruisit d'un seul coup ce présent. Les fragments retombèrent dans les mers et les forêts, donnant naissance aux coquillages et aux tortues, s'imprimant dans le bois des arbres, se posant même sur les reins des femmes. L'homme ne reçut que l'archet, qui servit d'arme à des générations et constitua la première corde vibrante de l'histoire. Ce n'est qu'au bout de nombreuses ères qu'il parvint à construire, au moyen d'une carapace de tortue, un luth dont il fallait encore pincer les cordes. Enfin, à l'approche de la dernière — et terrible — ère il comprit qu'il pouvait utiliser son arc pour les faire vibrer et imiter ainsi le son qui avait engendré le monde, le souffle dispensé par le mouvement des vêtements de

Shiva, le dieu dansant, qui règne et maintient l'ordre de l'univers.

Il y a quelque temps, au cours d'une vente aux enchères d'instruments de musique chez Christie's, à Londres, je parvins à m'adjuger pour la modique somme de vingt mille livres sterling un violon de Jakob Stainer, l'un des meilleurs luthiers tyroliens du XVIe siècle. C'était une chance inespérée : pour entrer en possession de cet instrument, j'aurais payé n'importe quel prix.

On m'apporta le violon le lendemain matin à l'hôtel Dorchester, où j'étais descendu. Parmi les noms des anciens propriétaires figurant sur la fiche d'accompagnement, je pus lire, sur la dernière ligne, celui d'un célèbre institut psychiatrique de Vienne.

Ce jour-là, je me livrai à un rituel précis et méticuleux. En premier lieu, j'ordonnai qu'on me serve le déjeuner dans ma chambre, puis, après avoir congédié le domestique, je fermai la porte à clef et délivrai l'instrument de son emballage en carton pour le poser, tout droit, sur un petit fauteuil recouvert de satin que j'avais préalablement placé au milieu de la pièce. J'ouvris les rideaux, changeai plusieurs fois de place le fauteuil afin de trouver le meilleur éclairage possible et finis par m'asseoir à table. Un délicieux après-midi s'offrait à moi et je savourais par avance la rencontre, le secret, les regards et l'attente qui allaient en découler, comme lors d'un premier rendez-vous avec une belle femme. A vrai dire, la comparaison achoppait sur un point : l'objet de mes désirs était âgé de plus de trois cents ans. Mais tous les autres ingrédients étaient réunis : la passion, la jalousie, l'insatiabilité, sans oublier la menace de la perte.

Je m'apprêtais donc à déjeuner en toute tranquillité, la vue satisfaite par la contemplation de cet objet. J'avais prévu d'observer mon acquisition de plus près à la fin du repas, et pas avant. Je m'attarderais d'abord à la soupeser en l'examinant minutieusement au moyen d'une loupe, et m'appliquant à en scruter l'intérieur, dans la limite du possible, à travers une des fentes sinueuses en forme de « f » qui laissaient entrevoir une étiquette pâlie et presque illisible. J'installerais un jeu de cordes neuves — il n'en restait que deux, si usées qu'elles risquaient de se rompre d'un moment à l'autre — et pourrais enfin entendre sa voix.

L'instrument était en bon état. Sans doute n'avait-il pas été manié avec beaucoup de soin, mais il ne requérait l'intervention délicate d'un luthier que pour remédier à quelques éraflures, à l'absence de vernis par endroits, notamment sur le fond, où le bois était nu. A l'évidence, il avait été utilisé sans mentonnière.

L'objet possédait une caractéristique originale :

une petite tête anthropomorphe, gravée sur le chevillier à la place de la crosse traditionnelle. Il s'agissait d'une particularité insolite pour un violon ; en temps normal, en effet, ces petites sculptures de bois ornent des instruments plus grands, tels que la viole, et représentent pour la plupart des têtes de lion ou des visages grotesques, dotés d'une valeur superstitieuse plus qu'ornementale. Celle-ci reproduisait avec finesse le visage d'un homme — un mamelouk, semblait-il, à la longue moustache tombante, à l'expression féroce et à la bouche ouverte, comme en un cri de douleur ou de malédiction. J'avais toujours pensé que c'était le dernier violon de Stainer : l'artiste avait peut-être voulu dépeindre ainsi la folie furieuse qui allait l'emporter.

A peine avais-je pris place à table que le téléphone se mit à sonner : l'employé de la réception m'annonçait la visite d'une personne venant directement de chez Christie's. Je pensai tout d'abord qu'il me faudrait remplir quelques formalités relatives à mon acquisition, mais l'homme que je laissai entrer quelques minutes plus tard n'avait pas l'air d'un employé.

Il paraissait très agité. Il me demanda si j'avais bien acheté, la veille, un violon dans le célèbre lieu de ventes aux enchères londonien. Cette question était si directe que je craignis d'avoir affaire à un fonctionnaire de police censé me signifier qu'il y avait eu une irrégularité dans mon achat. Il arrive, en effet, quoique rarement, qu'un objet acheté se révèle volé, égaré, ou impropre à la vente, ce qui annule la transaction. Je fus envahi par une grande inquiétude, m'imaginant dans l'obligation de rendre mon précieux violon. Mais l'homme, dont j'avais déjà oublié le nom, n'était pas un représentant de la loi. L'achat était tout à fait régulier : il me le confirma lui-même en lisant mes craintes sur mon visage. Il avait remarqué le violon bien en vue sur le fauteuil et, comprenant qu'il avait interrompu mon cérémonial par son intrusion, crut bon de remédier à son indiscrétion : j'avais eu la chance, affirma-t-il, de ne pas disputer l'objet à d'autres acquéreurs, ne payant que le prix de l'estimation initiale. Lui-même, bien qu'informé de l'avis de cette vente, était arrivé trop tard au rendez-vous dans les salles de King Street, à St. James's, victime d'une série de circonstances malheureuses. Il parlait sans pouvoir détacher son regard du violon, reculant et avançant comme pour l'observer sous divers angles. Il n'osait toutefois trop s'approcher, même s'il désirait — je le devinais — examiner attentivement l'objet.

J'essayais de m'accrocher à la conviction que cet inconnu ne constituait pas une menace pour mon précieux instrument. Mais je n'étais pas tranquille. Je continuais de m'interroger sur les raisons d'une telle visite. A en juger par son comportement, l'individu devait être un collectionneur, un amateur d'instruments anciens qui, battu sur le fil, était venu féliciter son rival plus heureux et donner, peut-être, un ultime adieu à la pièce tant convoitée. A moins que...

Mes craintes se vérifièrent bien vite. Comme s'il

s'apprêtait à me proposer un marché peu honnête, l'homme perdit brusquement son calme et voulut savoir si j'étais disposé à lui céder le violon pour le double, ou plutôt le triple, de la somme que j'avais payée. Je n'avais qu'à en fixer le prix, me dit-il, presque gêné par sa propre effronterie. Enfin, comme épuisé par cet élan, il me demanda l'autorisation de s'asseoir et s'effondra dans un fauteuil.

— Voilà qui prouve que je n'ai pas rêvé... crus-je entendre.

Mais ces mots chuchotés ne s'adressaient, bien évidemment, pas à moi et je ne tentai pas d'en découvrir le sens. Nous demeurâmes plongés dans un silence qui me semblait irrémédiable ; en effet, je n'avais pas envie de le questionner, et il ne paraissait pas disposé à parler. Je lui tendis alors un verre de vin qu'il ne refusa pas, mais qu'il tint à la main un long moment avant de le porter à ses lèvres. On aurait dit qu'il s'était calmé, ou mieux, résigné. A un moment donné, il se leva, posa le verre et, se dirigeant vers la porte, me pria d'excuser son intrusion inopportune et son impossible requête. Il comprenait, dit-il, qu'il avait été naïf ; son offre était irrationnelle car il ne pouvait se permettre de débourser une pareille somme. Il était certain, qui plus est, que je n'aurais jamais voulu céder à son insistance ; il regrettait donc de m'avoir causé un tel embarras et d'avoir gâché mon repas.

Je ressentis un grand soulagement. Mais seulement l'espace d'un instant : sa décision inattendue de partir sans me révéler son identité ni les raisons de son intérêt pour ce violon avait jeté le doute en moi.

— Ne croyez-vous pas que vous me devez une explication ? lui demandai-je alors qu'il se préparait à ouvrir la porte.

Il s'arrêta et revint sur ses pas en hochant la tête.

— Je ne suis pas un collectionneur déçu, répondit-il, ainsi que mon comportement le laisserait entendre. Je ne suis pas non plus un violoniste. Je suis un amateur, un passionné. C'est vrai, je possède plusieurs instruments de musique, mais il ne s'agit pas à proprement parler de collection. J'ai chez moi deux violons de Mittenwald, qui ont appartenu à mon grand-père, et un violoncelle moderne sur lequel je m'exerce parfois, mais par simple plaisir.

— Je pensais que vous étiez un connaisseur, dis-je.

— Mes quelques connaissances sur les violons me viennent d'un ami luthier.

— Alors pourquoi vous intéressez-vous à ce violon ?

— Je suis écrivain et cet instrument est lié à une histoire, une terrible histoire à laquelle j'aimerais apporter le mot fin. Il est également la preuve que son narrateur a vraiment existé, bien que cela n'explique pas tout.

— Vraiment existé ? Que voulez-vous dire par là ?

Je commençais à croire que j'avais affaire à un déséquilibré.

Alors, l'homme traversa la pièce à grandes

enjambées et s'empara du violon d'un geste sûr, ce que je n'avais pas prévu et qui m'effraya. Puis il alla à la fenêtre pour mieux l'observer.

— Vous permettez, n'est-ce pas ?

Je tremblais. Ne risquait-il pas de franchir la porte et de s'enfuir avec l'instrument ou, pis encore, de le briser contre le mur, de le lancer par la fenêtre entrouverte dans Park Lane, grouillant de monde ? Heureusement, il n'en fit rien et je récupérai mon violon avec un sentiment de bien-être, presque de bonheur.

— Que vouliez-vous dire par les mots *vraiment existé* ? lui demandai-je encore une fois.

L'homme réfléchit un moment avant de me répondre.

— Un être vivant, en chair et en os. (Il me regarda comme pour étudier mes réactions.) Ne croyez pas que je sois fou. J'ai connu le propriétaire de ce violon et j'ai été amené par la suite à douter de son existence. Jusqu'au jour où j'ai feuilleté par hasard le catalogue de Christie's. C'est pour cette raison que je tenais à obtenir cette preuve unique. Mais je devrais peut-être tout vous raconter.

Je m'assis dans un fauteuil en l'invitant à m'imiter et à commencer son récit. L'inconnu hésita un instant puis se décida à parler.

L'épisode que je vais vous relater s'est produit il y a un an, à Vienne. Ainsi que je l'ai déjà dit, je ne suis pas un musicien, mais un passionné de musique, un mélomane. Cet art est ma consolation : fuyant par essence et vain par volonté, il ressemble à la conception que j'ai de la vie.

L'année dernière donc, on fêtait dans toute l'Europe le tricentenaire de la naissance de Bach par une série de concerts prestigieux. L'occasion se prêtait parfaitement à un pèlerinage musical à travers les capitales européennes. Après m'être rendu à Leipzig et à Munich, je fis naturellement étape à Vienne, où le Neue Wiener Barockensemble, dirigé par Heinz Prammer, devait exécuter dans la Brahmsaal les six *Concertos brandebourgeois*, ainsi que la *Suite en si mineur* et le *Concerto pour violon et orchestre en mi majeur*. Ces deux soirées étaient séparées par une pause de trois jours, au cours desquels toutefois je ne courais pas le risque de m'ennuyer. En cette fin d'été, la ville était encore agitée et joyeuse, et le temps fort clément, à l'exception de quelques orages subits.

La veille de la seconde soirée, je dînai selon mon habitude dans un petit restaurant de la Operngasse. Puis, comme il était encore tôt et que je n'avais nullement l'intention d'aller me coucher, j'arrêtai un taxi et ordonnai au chauffeur de me conduire à Grinzing, le célèbre quartier des *Heurigen*, ces auberges où l'on peut boire un vin délicieux. Je me promenai en lorgnant les baies vitrées et les cours à la recherche d'un local accueillant et pas trop bondé où passer le reste de la soirée. Je m'immobilisai devant une enseigne qui reproduisait un détail du tableau de Bruegel le Vieux : *La Danse de paysans* au son d'une cornemuse. Trois mots encadraient la peinture : amour, amitié et musique. A en juger par la musique qui s'en échappait, l'auberge semblait offrir, à défaut d'amour et d'amitié, un peu de gaieté. La salle était relativement pleine, mais je réussis à trouver une table.

L'été, les Viennois constituent une petite minorité dans leur ville par rapport aux légions de touristes, et pourtant, j'étais convaincu ce soir-là d'être, sinon le seul, du moins l'un des rares étrangers présents dans l'auberge. Autour de moi, on buvait, conversait et portait des toasts auxquels je m'associais parfois, en dépit de mon caractère discret. Le bruissement des voix était certes dense, mais contenu, de façon à ne pas gêner ceux qui préféraient écouter la musique. En effet, sur une estrade en bois, deux hommes jouaient des refrains populaires à la guitare et à la cithare.

Contrairement aux coutumes en usage dans ce genre d'endroit, personne ne songeait à les accompagner de chants, la fin de chaque morceau étant saluée par des applaudissements chaleureux et de nouveaux toasts.

J'avais l'intention, depuis un certain temps, d'écrire une histoire dont la musique aurait tenu le rôle principal. Tout le monde sait que cet art peut insuffler une grande force à un texte poétique ou à une pièce de théâtre, transfigurant les vers les plus banals. S'il ne m'évoque rien de dramatique, j'étais cependant bien en proie, à ce moment précis, à une sensation désagréable. La musique élève les sentiments et la nature de l'homme, mais les voies qui y mènent passent par des grincements, des cris et des dissonances. Il y a, en effet, derrière un morceau joué avec légèreté et perfection, tel que peuvent l'exécuter un orchestre ou un quatuor d'instruments à cordes, des nerfs qui se contractent, des flots de sang et des cœurs en tumulte. Brusquement, je me surpris à considérer mon art bien-aimé sous un tout autre jour. J'imaginai l'infinité de sons qui montent jour et nuit dans le monde entier et pensai à l'effort des milliers d'individus luttant ici et là pour maintenir la musique en vie, pareils à une armée décimée par le feu ennemi qui avance au pas, remplaçant les pertes par des forces toujours nouvelles et laissant sur le terrain un long sillage de morts.

Telles étaient mes pensées tandis que j'observais les deux musiciens qui, après avoir épuisé leur répertoire et amassé quelques schillings pour leur repas du lendemain, s'apprêtaient à quitter l'auberge. Il s'agissait de deux vieillards, vêtus d'habits trop chauds pour la saison, dont la ressemblance suggérait un lien fraternel. Leurs gestes aussi, tandis qu'ils rassemblaient leurs partitions posées sur le pupitre ou plaçaient leurs instruments dans leurs étuis, avaient un air de famille. Qui sait depuis combien de temps se perpétuaient leurs mouvements et même leur façon de vider lentement — leurs sacs déjà en bandoulière et leurs têtes déjà coiffées — le verre de vin qu'on leur avait offert au terme de la soirée ? Je remarquai au bout d'un moment que l'un des deux, le joueur de cithare, était aveugle et qu'il s'appuyait en marchant sur l'épaule de son compagnon.

Je les regardai partir non sans mélancolie. C'était peut-être leur unique moyen de subsistance, me dis-je en me demandant si les lieux et les heures de leurs sorties étaient réglés par quelque obscur imprésario ou seulement par les caprices du hasard. Entre-temps, comme pour compenser le vide qu'ils avaient laissé, la conversation s'était intensifiée autour de moi, mais l'absence soudaine d'arrière-fond musical avait effacé la gaieté et rien ne semblait plus justifier le moindre toast.

Quelques instants plus tard, la porte d'entrée s'ouvrit dans le carillon d'une grappe de cloches accrochée à l'huisserie et le personnage de cette histoire pénétra dans l'auberge.

Il était difficile de définir son âge. Vêtu comme un cocher, il portait des bottes, un manteau de toile huilée ainsi qu'un melon sur la tête. Son apparition inattendue mit fin à toutes les conversations : qui était-il ? Un mendiant ou un voleur ? Quelques rires s'élevèrent avant de s'éteindre rapidement. L'homme marcha jusqu'à l'estrade dans un silence absolu, s'inclina plusieurs fois vers le public puis, ôtant son chapeau avec une condescendance burlesque, proclama sur un ton fort sérieux que nous devions nous considérer heureux de pouvoir écouter un grand violoniste « pour une somme dont notre bon cœur serait le seul juge ». La salle se ranima brusquement. Au fond, un client cria quelques mots, auxquels il répliqua promptement d'une phrase en dialecte dont le sens m'échappa, mais qui fut accueillie par des applaudissements fournis.

L'homme avait une moustache grise et tombante, à la tartare, qui contrastait avec ses cheveux encore sombres, tirés sur la nuque en une petite queue de cheval que retenait un élastique. Il me fut impossible, malgré un examen plus détaillé, de lui attribuer un âge, même si je conclus qu'il avait largement dépassé la cinquantaine ; son visage ressemblait à un masque, avec ses yeux exorbités et son expression théâtrale. La voix était sonore, le geste éloquent. On aurait dit un cabotin qu'une roulotte d'une autre époque avait déposé là.

Il enleva son manteau, découvrant une vieille chemise à rayures traversée par deux bretelles rouges des plus voyantes, puis se débarrassa de l'étui en carton en mauvais état, qu'il portait à l'épaule. Il en tira un violon, l'empoigna pour l'accorder et entreprit de satisfaire le chœur de demandes qui avait jailli du parterre : Strauss, Lehar, *Princesse Czardas* et *Le Beau Danube bleu*. L'homme exécutait tous ces morceaux avec maestria, fascinant son auditoire par une profusion de variations. Au bout d'un moment, il descendit de l'estrade pour passer entre les tables, jouant le rôle de Cupidon devant les amoureux et celui du séducteur devant les femmes seules, maniant la plaisanterie à foison. Il s'approchait des couples, en privilégiant ceux qui lui semblaient illégitimes, et sans jamais cesser de jouer frappait du coude la poitrine de l'homme qui s'était montré réticent à l'idée de lui donner une pièce de monnaie, tout en chatouillant de la pointe de l'archet le décolleté de la jeune dame. Plus d'une fois, il dépassa les limites de la décence, mais personne ne s'en offusqua. Il jouissait de la même impunité que l'acteur dissimulé sous un masque, tout répugnant qu'il fût. Même ses vêtements, que seule l'eau de pluie avait sans doute lavés, ressemblaient à un précieux costume de scène. C'est ainsi qu'il réussit en peu de temps à établir avec le public un lien non seulement d'intimité mais aussi de complicité.

La table que j'occupais était distante de son avant-scène improvisée ; pourtant, il lançait de fréquents clins d'œil dans cette direction, comme pour dire qu'il n'avait pas oublié cette partie du public et qu'il n'allait pas tarder à la rejoindre. Je me demandai comment je supporterais ses plaisanteries au cas où il s'approcherait de moi.

Pendant que je m'interrogeais, le violoniste se donnait en spectacle parmi des applaudissements qui semblaient lui insuffler une énergie renouvelée. Il s'exhiba dans des valses de Strauss et des airs d'opérette, ainsi que dans des morceaux de bravoure tziganes, dans lesquels il déploya non seulement un grand talent, mais aussi une remarquable habileté puisqu'il tenait son violon de façon acrobatique. Il s'arrêtait entre deux morceaux pour boire un verre de vin offert par des spectateurs ravis et, de temps en temps, faisait le tour des tables. Son couvre-chef se remplissait alors de pièces et de billets ; il l'enfonçait sur sa tête, tout plein qu'il fût, et se remettait à jouer avec une fougue renouvelée ; pourtant quand il l'ôtait un peu plus tard, le chapeau était bel et bien vide. Ce tour de prestidigitation enthousiasmait les spectateurs et valait à son auteur un surcroît d'applaudissements et de pourboires, qui disparaissaient à leur tour.

Tout en l'observant, j'étais retourné à mes réflexions. Voilà un magnifique exemple de soldat de la musique, me dis-je, de soldat desespéré ! Et j'essayais d'imaginer l'homme dans son enfance, debout devant un pupitre, s'appliquant à tirer des notes de son instrument récalcitrant. Je pensais à ses années d'étude, à ses aspirations, à ses premiers pas dans le monde de la musique et enfin à une carrière qu'il n'avait curieusement jamais interrompue. Mais s'agissait-il vraiment d'un musicien professionnel ? Je n'en étais pas convaincu. Lorsque, pendant les concerts, je regardais l'amphithéâtre des orchestres et en particulier la section des instruments à cordes, je ne voyais que des gens disciplinés et bien mis, des sortes de scribes, de copistes, de calligraphes de la musique, sacrifiés à un travail de précision tenace et pédant. Comme tant d'autres, le métier de violoniste entraîne des contraintes physiques qui, quand elles sont prolongées dans le temps, impriment aux êtres de nettes caractéristiques, une physionomie particulière. Le violoniste d'orchestre est marqué par l'instrument qui a été son maître une vie durant. Avec l'âge, les traces de cette sujétion s'accentuent, donnant à son regard une certaine mélancolie et à ses gestes un dévouement inconditionnel. Il est inexorablement privé de l'archarnement du soliste qui veut soumettre les notes à sa propre volonté ; pour lui, la musique est une simple matière, composée de sons de diverses intensité et durée, qu'il lui faut reproduire avec précision ; en lui, le feu sacré, étouffé par une paisible rémission, est définitivement éteint. Seuls, les plus jeunes, au début de leur carrière, continuent pendant un certain temps à *jouer de la musique*, sans se vautrer sur leur violon, mais en le maniant comme si le succès du concert dépendait uniquement des notes de leur instrument, quelle que soit la difficulté de leur effort ou de la partition.

Malgré son grand âge, le violoniste qui jouait devant moi était demeuré exempt de certains tics. A vrai dire, il se comportait comme s'il avait toujours été un soliste ; et pourtant, il traitait son violon et la musique d'une façon insolente, jouant d'un air presque méprisant. Que lui était-il donc arrivé, me demandais-je, pour qu'il en fût réduit à proposer son instrument et son art à un auditoire de taverne ?

A un moment donné, il descendit de l'estrade, le violon sous le bras, but calmement un verre de vin puis, tapotant du bout des doigts la caisse de résonance de l'instrument, le fit rouler comme un tambour. Il attendit que la salle se taise pour annoncer, avec l'accent et la gravité d'un bonimenteur de cirque présentant un spectacle inouï, qu'il mettait son violon au service du plus offrant. Celui qui paierait une bonne somme, certes négociable, pourrait entendre le morceau qu'il voudrait, même le plus difficile. De nombreuses requêtes jaillirent aussitôt de la salle, mais il les repoussa d'un geste de la main qui semblait signifier : « Trop facile ! Il faut bien autre chose ! » Il se déplaçait entre les tables et paraissait, de temps en temps, regarder la mienne en clignant de l'œil. En réalité, c'était moi qu'il observait de loin, me gardant pour la fin — je crus le comprendre — comme la meilleure bouchée. En effet, il s'arrêta devant moi au bout d'un moment. Ayant curieusement deviné que j'étais étranger (j'allais m'apercevoir plus tard que le programme des concerts de Bach dépassait de ma poche), il s'exclama :

— Ah, voilà quelqu'un qui est venu à Vienne pour écouter de la bonne musique !

Le silence s'était abattu sur la salle et le violoniste entretint magistralement cette atmosphère en retardant sa dernière réplique, qu'il livra ainsi avec un heureux effet :

— Qu'aimeriez-vous entendre, monsieur ?

Irrité par une ironie aussi facile, je voulus répondre sur le même ton :

— Et vous, qu'aimeriez-vous jouer ?

— Ce que monsieur désire.

— Tout ce que je désire ?

— Tout !

Alors, je n'eus plus la moindre hésitation :

— J'écouterais volontiers la *Chaconne* de Bach.

Je croyais avoir ainsi paré à toute autre provocation, mais je me trompais : l'homme restait planté devant moi en fanfaronnant. Soudain, il leva le bras pour intimer le silence au public, qui contemplait la scène avec amusement.

— Écoutez, écoutez, dit-il, nous avons un connaisseur parmi nous. Un homme qui sait vraiment apprécier la bonne musique. Cela mérite un toast !

Il appela d'un geste la serveuse, qui s'empressa de lui apporter un verre et eut quelques difficultés à échapper à ses mains baladeuses. Obligé d'accepter son invitation, je me levai. Après avoir avalé son vin d'un trait, il lissa sa moustache, dans laquelle s'attardaient des gouttelettes dorées, frotta son nez du dos de la main comme s'il flairait une affaire puis éructa solennellement. C'est alors seulement qu'il me demanda :

— Et combien seriez-vous prêt à payer pour entendre cette *Chaconne* ?

La *Chaconne*, comme vous ne l'ignorez pas, est un morceau magnifique, mais d'une grande difficulté. Il lui aurait donc été aisé de déclarer mon prix trop bas et de se tirer d'affaire au moyen d'une excuse. Craignant ce genre de feinte et ayant l'habitude de relancer chaque fois que mon adversaire bluffe, je lui fis une offre qu'il était impossible de refuser.

— Mille schillings. Cela vous suffit ?

Comparés à ce qu'il avait amassé jusque-là, mille schillings constituaient une belle somme.

— Mille schillings, répéta l'homme. Mille schillings ! cria-t-il à la salle.

Son visage, un masque hilare et burlesque, adopta brusquement un air triste, comme si on venait de lui lancer une terrible insulte sans lui laisser la possibilité de réagir. L'homme me tourna aussitôt le dos et s'éloigna lentement dans sa chemise sale, tendue entre ses omoplates saillantes et pointues. Ainsi, j'avais vu juste ! Il se dérobait. J'aurais dû éprouver un peu de satisfaction même si c'était un coup que j'aurais préféré ne pas gagner. Je le vis s'en aller à petits pas, voûté, de plus en plus voûté, appuyant sa joue sur son violon comme pour en ausculter le cœur et en tâter le faible pouls, et j'eus un instant l'envie de le rappeler, de le prier d'excuser mon insolence.

Mais tandis qu'il avançait lentement vers l'estrade, commencèrent à résonner dans la salle les accords émouvants de la *Chaconne*.

Je me suis souvent demandé comment mesurer le temps que met la dernière note d'un morceau de musique pour s'évanouir complètement, aussi bien sur le plan physique que sur les plans sonore et émotif. Et j'ignore comment y répondre.

La *Chaconne* était bel et bien terminée et pourtant personne n'osait applaudir, comme si ce morceau avait vidé le public de toute sa volonté. Le monde s'était en quelque sorte immobilisé un instant sur son axe et il avait — rien de moins étonnant — quelque difficulté à s'ébranler à nouveau. Quoi qu'il en fût, l'intervalle qui s'écoula entre la dernière note de cette impeccable exécution et les premiers applaudissements (les miens) qui s'enflèrent ensuite avec passion, me parut infini.

Il restait maintenant un compte à régler. Les clients lorgnaient de mon côté pour observer ma réaction. Mais l'homme, qui m'inspirait désormais une certaine admiration, semblait décidé à savourer calmement le moment de sa revanche. Il se fit apporter encore un peu de vin (il était impossible de compter les verres qu'il avait bus depuis le début de la soirée), essuya sa moustache contre sa manche et, après avoir posé son violon sur le manteau dont il avait recouvert une chaise, s'approcha de moi, son chapeau à la main, comme un quêteur. Tout le monde tendait le cou afin de voir si j'allais honorer ma dette, mais le billet de mille schillings que je déposai dans le chapeau était plié de telle façon qu'il n'était visible qu'aux yeux du musicien.

— Merci beaucoup, monsieur, dit-il sans cacher son sourire de défi.

Et il susurra entre les dents :

— Toujours à votre service.

Puis, tenant son chapeau sur la paume de la main, il dressa son majeur en un geste obscène que je fus le seul à remarquer.

Le lendemain, je fus réveillé dans ma chambre d'hôtel par un martèlement insistant. Ma première pensée vola vers les événements de la veille et je fus envahi, au souvenir des traits moqueurs de l'homme, par un sentiment de défaite cuisant. J'avais la migraine, désagrément qui, associé à une sensation de frustration, constitue à mes yeux le pire mal qui soit.

Curieusement, seul le geste insultant du violoniste remontait à ma mémoire, le reste s'étant comme effacé. Mais peu à peu, je commençai péniblement à me rappeler tout ce qu'il s'était passé.

Une fois le billet en poche, l'homme m'avait abandonné pour retourner à son public qui le réclamait à grands cris : « Maestro, joue-nous encore quelque chose de gai ! ». J'étais demeuré immobile à ma place, un sourire crispé sur les lèvres, m'agrippant à l'espoir que personne ne s'était aperçu de son geste. J'étais fatigué et j'avais envie de rentrer à l'hôtel, mais une sortie à ce moment précis équivalait à un abandon du champ de bataille et il était facile de deviner que l'individu ne se serait pas privé de me lancer une phrase d'adieu mordante. Il me fallait donc attendre le bon moment. C'est ainsi que je commandai un autre verre de vin, chose qui n'était guère indiquée à cet instant car, en dépit de ma résistance à l'alcool, j'avais les jambes molles et n'étais pas certain de pouvoir marcher d'un pas assuré. Pourtant, j'avais déjà réglé l'addition et me tenais prêt. Par chance, la sortie n'était pas loin, il me suffirait donc de profiter d'un moment où « mon ami » serait occupé pour filer à l'anglaise. Ainsi, dès que je le vis absorbé dans *Rêve de valse*, je me levai et m'avançai vers la porte qui, malgré sa proximité, me semblait bizarrement inaccessible : en réalité, je marchais lentement, trop lentement. C'est alors que j'entendis une note se briser et je me retournai à temps pour voir le violoniste s'écrouler au milieu des tables dans un grand vacarme de chaises renversées et de verres cassés. Je profitai du trouble qui s'ensuivit pour gagner la sortie et quittai l'auberge, les jambes toujours plus flageolantes. Je commençai à errer en zigzaguant dans le quartier. Quoique bondés, les cafés et les auberges étaient fermés : ils ressemblaient à des navires qui avaient levé l'ancre, laissant sur le quai le retardataire que j'étais. Voilà tout ce dont je me souvenais, à l'exception des phares grandissants d'une voiture (un taxi peut-être) remplie de passagers qui chantaient gaiement ; ils eurent la bonté de m'accueillir dans leur chœur puis de me conduire à l'hôtel.

J'avais sans doute beaucoup dormi. Ce n'était pas l'aube, ainsi que je l'avais cru à mon réveil, mais le milieu de la journée et le martèlement que j'entendais au loin ne provenait que de la femme de chambre, venue faire le ménage. Je réussis à éloigner cette importune trop zélée en lui disant d'une voix pâteuse que je ne me sentais pas bien.

Je me levai dans l'après-midi, commandai un café fort et sortis après m'être prélassé dans un bain chaud, convaincu d'avoir repris mon apparence normale. L'air et le magnétisme de la foule me revigorèrent aussitôt ; mon appétit était revenu et je m'arrêtai dans une buvette pour manger un morceau.

Ce soir-là se déroulait à la Brahmssaal la seconde partie des *Concertos brandebourgeois*. La veille encore, rien au monde n'aurait pu me dissuader d'assister à cette soirée : après tout, n'étais-je pas à Vienne pour cela ? Et pourtant, si je montai dans un taxi relativement tôt, je m'entendis donner au chauffeur la direction de Grinzing et non l'adresse de la salle de concert. J'avais l'impression d'avoir des comptes à régler avec ce quartier, une affaire nécessaire et urgente à conclure le soir même. Au fond, il était encore tôt et rien ne m'empêcherait de me rendre ensuite au concert. Mais je voulais d'abord revoir l'étrange personnage de la veille, ou tout au moins apprendre quelque chose sur son compte. Un tel individu ne pouvait passer inaperçu et je pensais qu'il me serait aisé de découvrir son identité. Une fois parvenu à destination, je renvoyai le chauffeur de taxi et partis à la recherche de l'auberge. A sept heures, en cette fin de mois d'août, le soleil ne s'était pas encore couché et, sous cette lumière diurne, le quartier m'apparut terne et vide. Les *Heurigen* ne commenceraient à se remplir qu'aux alentours de dix heures.

Je retrouvai vite l'enseigne de l'auberge, mais celle-ci me sembla différente : en effet, les tables et les sièges étaient disposés d'une autre manière et j'eus des difficultés à localiser ce qui avait été, la veille, mon point d'observation. Sur l'estrade de bois, repoussée dans un coin, un joueur de guitare acoustique testait ses amplificateurs en exécutant un morceau de son répertoire pour le plaisir d'une famille de touristes.

Une serveuse se présenta. Croyant reconnaître la jeune fille qui s'était occupée de moi la veille au soir, je lui demandai des nouvelles du violoniste. Elle me regarda d'un air surpris puis m'expliqua que les auberges de Vienne accueillaient un grand nombre de musiciens ambulants sans les engager, mais en leur offrant un espace où jouer, à la condition qu'ils ne gênent pas les clients. Ils se produisaient donc rarement plusieurs soirées de suite dans le même endroit ; ils revenaient, en général, au bout de quelques mois et parfois disparaissaient à jamais. Où allaient-ils ensuite ? Elle l'ignorait, et d'ailleurs qui le savait ?

J'insistai : comment ne pouvait-elle pas se souvenir de cet homme, puisqu'elle lui avait servi à boire à plusieurs reprises ?

A ces mots, la jeune fille écarquilla les yeux :

— Hier soir ? Ah, mais hier soir, j'étais de repos, dit-elle. Vous avez vu ma sœur, et elle ne reprend pas son service avant demain. Attendez, je vais me renseigner.

Elle revint quelques minutes plus tard en compagnie du propriétaire, à qui je dus de nouveau tout expliquer. Il affirma lui aussi qu'il ne connaissait pas ce violoniste. Ils étaient si nombreux à aller et venir, ajouta-t-il comme s'il parlait de trains, qu'il était impossible de mémoriser leur nom et leur visage.

Mais il devait au moins se rappeler ce musicien : n'était-il pas tombé par terre en créant un beau remue-ménage ? Le propriétaire eut un sourire et objecta avec un humour froid que, à Grinzing, le spectacle d'un homme ne tenant plus sur ses jambes n'avait rien d'inquiétant à partir d'une certaine heure.

Je sortis, pour le moins perplexe, et me rendis dans d'autres auberges, où je posai les mêmes questions ; partout, on me livra des réponses évasives. Peut-être me prenait-on pour un inspecteur du travail.

Irrité, je quittai Grinzing et gagnai la Brahmssaal. Je savais qu'il était désormais trop tard, mais je voulais me prouver que j'avais respecté mon programme. Le concert était commencé ; je pénétrai dans la salle après l'entracte et me concentrai — c'est au moins ce que je crus — sur la seconde partie. A la sortie, je me fis conduire sur la Kärtnerstrasse et, de là, me dirigeai à pied vers la cathédrale Saint-Etienne.

Je me laissai d'abord entraîner par la foule. A chaque coin de rue, sur chaque place, je me heurtais à des musiciens (jeunes pour la plupart) qui s'exhibaient, confiants dans la générosité des passants. Pourtant, mes oreilles n'étaient emplies que des notes d'un violon, de *ce* violon, qui, pareilles à des marionnettes suspendues au-dessus de la ville, s'éloignaient, se taisaient avant de s'enflammer de nouveau, comme pour me fuir et me guider à la fois.

Ce son, je le savais bien, n'existait que dans mon imagination et pourtant l'illusion était parfaite ; même le vent, qui s'était soudain levé, abusait mes sens, poussant vers moi les notes que je croyais un moment éteintes, pour les mêler ensuite au grincement d'un volet, ou au tintement d'une enseigne en fer-blanc.

Envoûté par cette musique imaginaire, je me détachai de la foule et déambulai en direction du canal du Danube. Après avoir parcouru des rues sombres et traversé des places et des jardins, j'entrai, épuisé, dans une auberge et m'assis à une table, au beau milieu de la cour. Le ciel nuageux et le vent avaient amené les clients à s'abriter à l'intérieur ; en vain, la serveuse m'invita à les imiter. Quelques minutes plus tard, des gouttes de pluie explosèrent dans ma chope de bière et s'élargirent sur la nappe en vichy rouge ; cependant, l'averse tant attendue en resta là, et je demeurai seul dans la cour. Trop las, désormais, pour reprendre ma route, je décidai de profiter un moment de l'air frais.

J'avais fini ma bière et m'apprêtais à en commander une autre quand j'entendis des pas dans mon dos. Ceux-ci s'interrompirent bientôt ; j'attendis que le passant se décide à repartir et à me dépasser avant d'entrer dans l'auberge... inutilement. J'inclinai donc la tête sur le côté ; du coin de l'œil, j'aperçus une silhouette immobile, à quelques mètres de moi, et c'est alors que j'entendis une voix désormais familière :

— Ainsi, nous avons renoncé ce soir à la bonne musique pour le folklore local ?

Je me retournai et le découvris alors, dans son manteau sombre, son melon enfoncé sur la tête et son violon en bandoulière. L'apparition du démon n'aurait pas suscité en moi, je le crois, une telle surprise.

L'homme se mit à ricaner.

— Puis-je m'asseoir ? dit-il.

Et sans même attendre un signe de ma part, il posa sur la table son étui en carton entouré d'une ficelle, se débarrassa d'un coup d'épaule de son manteau en toile huilée et prit place devant moi en interpellant la serveuse qui venait d'apparaître sur le seuil. Il commanda de l'eau-de-vie et de la bière. Ma chope vide fut remplacée par une nouvelle, débordante de mousse fraîche.

J'étais abasourdi par une coïncidence aussi troublante : les retrouvailles de deux personnes, dans une ville de trois millions d'habitants, et qui plus est dans en endroit excentré où ni l'un ni l'autre n'aurait dû être, bouleversaient tous les principes du hasard, et je me demandai quelles voies cette musique imaginaire avait dû emprunter pour parvenir à mon esprit.

Alors que l'homme ôtait son chapeau, une pièce de monnaie s'en échappa et roula sur la nappe.

— Je pensais entrer ici, dit-il, pour m'abriter de la pluie et, qui sait, gagner un peu d'argent. Mais aujourd'hui, mon ami est intraitable.

Il ouvrit l'étui et en sortit son violon. A en juger par la façon dont il l'admirait, il en était sans doute très fier. J'avais remarqué, la veille au soir, qu'il s'agissait d'un instrument intéressant — un Stainer, avais-je pensé, en tout cas un violon tyrolien. J'avais été particulièrement frappé par la sculpture qui remplaçait la crosse habituelle ; à présent, j'avais tout loisir de contempler ce visage cruel et menaçant, auquel celui du musicien ressemblait un peu, comme si ce dernier avait voulu en adopter les traits. Mais il me paraissait étrange qu'un vagabond pût posséder un tel instrument, et j'aurais bien aimé élucider ce mystère.

Après avoir tendrement admiré son violon, l'homme finit par le replacer soigneusement dans son étui.

— Du reste, continua-t-il, je peux me permettre de prendre un jour de vacances, aujourd'hui... (d'un geste de prestidigitateur, il fit apparaître un billet de mille schillings) et de vous offrir à boire, ajouta-t-il en commandant d'un geste une autre tournée.

— Voilà un jour de vacances plus que mérité, observai-je avec complaisance.

Je n'éprouvais plus aucun ressentiment à son égard. Loin de la scène et privé de son masque burlesque, le violoniste apparaissait comme un homme seul, vulnérable, oppressé par le poids des ans.

— Il faut avoir beaucoup de talent pour exécuter ce morceau, ajoutai-je.

L'homme garda le silence un moment, comme s'il réfléchissait aux mots que je venais de prononcer, puis il me corrigea :

— Non, il faut beaucoup de technique. Et la technique est parfois la contrefaçon du talent. Oh, la différence est minime, imperceptible, pour l'auditeur. Mais pas pour l'exécutant. Cela ne veut pas dire que le talent doive se dispenser de l'effort. Ce serait impossible. En effet, trois éléments sont nécessaires pour atteindre la perfection : la technique, la pratique et l'abnégation.

Puis il poursuivit après une nouvelle pause, comme s'il devinait mes pensées :

— Vous vous êtes sans doute demandé pourquoi un aussi bon violoniste que moi devait se contenter de se produire dans les tavernes et les auberges ? Curiosité légitime. La réponse est simple : l'ambition. Le désir renversant et destructeur d'atteindre la perfection. Mais qu'est-ce que la perfection ? C'est le point de fuite d'une route sans fin, c'est le mirage qui se déplace devant nous, c'est la dernière marche d'un escalier en colimaçon. La perfection, voyez-vous, appartient au domaine de l'infini, mais l'infini n'est pas seulement infiniment grand, il est aussi infiniment petit.

« La perfection peut évoquer une idée de mouvement, mais également de ralentissement, et la recherche de la perfection emprunte un rythme qui ne cesse de ralentir. C'est une progression continue qui diminue toutefois au fur et à mesure qu'on s'approche de son but.

« Dans mon enfance, je m'en souviens, j'avais acheté chez un droguiste une bille de verre au prix de cinq centimes, et bien vite je m'étais aperçu que d'autres la vendaient pour quatre centimes. J'étais retourné en courant chez le premier en exigeant qu'il me rende le centime de trop, mais en vain : il avait le droit de fixer le prix de sa marchandise, affirmait-il. J'étais donc reparti, furieux d'avoir été aussi facilement grugé. En rentrant chez moi, je m'étais demandé comment réparer les conséquences d'un choix aussi précipité et j'avais conclu que, si j'achetais une autre bille pour quatre centimes, ma perte se réduirait de la moitié ; d'un tiers, si j'en acquérais encore une autre, et ainsi de suite. De la sorte ma perte se fractionnerait à l'infini, mais sans s'annuler. Et pourtant, le but était apparemment accessible, la route à parcourir trompeusement courte.

— N'est-ce pas un comportement un peu radical ? lui dis-je. Au fond, il s'agit seulement de bien jouer d'un instrument.

Je compris à sa façon de me regarder qu'il ne supportait guère la contradiction.

— Qu'est-ce qui vous donne le droit de proclamer un tel jugement avec autant d'assurance ? Etes-vous musicien ?

— Je ne joue que par plaisir. En réalité, je suis écrivain.

— Ah, fit l'homme, dont l'attention parut soudain se concentrer entièrement sur moi. Un écrivain ? Et qu'est-ce que vous écrivez ?

— Des histoires, tout simplement.

— Je parie que vous avez déjà écrit un bon nombre de livres sur la musique.

C'était une phrase que j'avais entendue à maintes reprises.

— J'aurais bien aimé, répondis-je sans pouvoir réprimer un tremblement dans ma voix, comme si j'éprouvais le besoin de justifier un oubli impardonnable. Hélas, la musique ne m'inspire pas, je n'arrive pas à bâtir une trame autour d'elle comme je pourrais le faire autour de l'amour, de l'argent ou du pouvoir.

Enfin, pour échapper à une situation aussi embarrassante, je m'exclamai :

— Mais la musique n'est-elle pas un dépassement de tout cela ?

— Un dépassement ?

L'homme me regardait d'un air ahuri.

— Oui, dis-je en essayant de prononcer ce mot avec toute la conviction dont j'étais capable, un dépassement.

— Un dépassement... (A en juger par son ton amer, ce mot semblait évoquer en lui quelque chose de désagréable.) Vous parlez en qualité d'auditeur, et non d'exécutant. L'instrument dont vous jouez par plaisir...

— Un violoncelle, me hâtai-je de préciser.

— Le violoncelle dont vous jouez par plaisir vous a certainement été imposé par une mère et un père ambitieux, ou eux-mêmes amateurs de musique. D'après votre âge, je peux deviner que la détestable habitude de pratiquer la *Hausmusik* était encore répandue du temps de votre enfance.

— C'est vrai.

— Et les heures que vous avez passées à tirer quelques notes de votre violoncelle ont été naturellement une torture, mais vous ne pouviez pas vous rebeller. Aujourd'hui pourtant, vous êtes reconnaissant à vos parents de vous avoir contraint à jouer de la musique ; elle appartient désormais à votre patrimoine culturel. Vous pouvez l'apprécier, en parler avec compétence et même l'interpréter si vous le désirez. Je me trompe ?

Force m'était de le conforter dans son opinion.

— Et c'est là que vous faites erreur.

— Je ne comprends pas.

— La musique est tout autre chose ! protesta le violoniste. Et les musiciens appartiennent à la race de Caïn.

Puis, semblant regretter ses façons brutales, il se tut un long moment, hochant la tête et se refermant en lui-même comme s'il voulait recueillir au fond de son cœur les idées et les mots qui lui permettraient de m'ouvrir les yeux. Il essayait de se rappeler quelque chose et son visage, aux paupières fermées et comme désarmé, apparaissait dans toute sa dévastation. Enfin, il posa à nouveau sur moi son regard enflammé d'alcoolique ou de fou.

— Puisque vous êtes écrivain, vous connaissez peut-être une fable populaire de Hongrie, où l'on raconte qu'un violoniste jouait avec tant de passion que son âme l'abandonna, un beau jour, pour s'insinuer dans son violon. Dès lors, il lui fut impossible de se séparer de son instrument, dont il devait jouer jusqu'à l'épuisement car c'est seulement en pratiquant son art qu'il se sentait vivant...

L'homme s'interrompit, comme si sa métaphore lui paraissait inappropriée au concept qu'il voulait exprimer. Il tenta donc une autre approche :

— Vous n'avez certainement jamais accordé d'importance à des fonctions corporelles telles que la respiration, la digestion ou les pulsations cardiaques. En fait, poumons, cœur et intestins travaillent pour vous indépendamment de votre volonté, et vous n'en prenez conscience que lorsque vous êtes malade.

« Mais imaginez que, pour rester en vie, vous soyez brusquement obligé de commander votre cœur et vos poumons, de régler votre pression sanguine, de vous occuper de la régénération de vos cellules et de l'élimination des poisons que vous avalez chaque jour par milliers. Et que vous soyez contraint à le faire en sachant qu'une erreur, un simple oubli vous serait fatal. Etes-vous capable d'imaginer tout cela ?

Je l'étais, bien évidemment, mais je ne comprenais toujours pas où il voulait en venir.

— Essayez d'imaginer que vous soyez forcé de vaincre la mort instant après instant en produisant un effort constant, en y consacrant une attention qui vous tient en éveil jour et nuit, sans que cet effort se répercute toutefois sur votre vie quotidienne, vos sentiments, vos devoirs et vos habitudes de vie en société, sans que rien ne vous trahisse, pas même l'ombre d'un souci. Vous voilà obligé d'être dégagé, naturel, de cacher votre extrême concentration.

« Et maintenant essayez donc de donner à votre conception conventionnelle de la belle musique de la substance, des os, de la chair, du sang et du sperme ; emprisonnez-la dans un corps et dans un cerveau ; imaginez une musique faite homme, contrainte, pour rester en vie, à se concentrer indéfiniment sur le son de son propre violon, le mouvement d'un archet qui rebondit et glisse sur les cordes dont il tire accords, mélodies et rythme. Imaginez que ce soit la seule chance de survie, car, dans le silence, toute vie se dissoudrait.

— Alors, mieux vaut la mort ! m'exclamai-je, déconcerté. Qu'est-ce qui pourrait nous attirer vers une telle existence ?

L'homme ricana d'un air satisfait comme s'il s'attendait à ma réaction.

— Mais c'est évident, dit-il. La musique ! Notre tourment serait aussi notre seule raison de vivre.

Je ne savais que répondre. Je me rendais compte que cet homme m'influençait par son discours impétueux, qu'il m'entraînait dans un lieu dont j'ignorais tout.

— Pour vous aider à comprendre ce qu'est la musique et à quoi cette terrible passion peut vous mener, je devrais vous raconter depuis le début l'histoire du violoniste dont l'âme était prisonnière de son violon. Mais il y a une autre histoire que je n'ai jamais révélée à personne. Désormais il ne me reste plus beaucoup de temps, et avant de m'en retourner là d'où je viens je voudrais vous en faire part. Peut-être pourrez-vous un jour l'écrire pour moi.

Il commanda une autre tournée à la serveuse qui venait d'apparaître sur le seuil. Nous étions toujours seuls, assis à une table sous un pied de glycine, tandis que les voix et les cris des clients de l'auberge s'insinuaient dans la cour. Le fleuve emplissait l'air d'humidité et de l'odeur douceâtre de l'herbe détrempée. Dans la rue, un passant solitaire sifflait en vain pour rappeler son chien, perdu dans les parterres d'un petit jardin public. Les maisons, percées de rares fenêtres encore éclairées, se découpaient sur un ciel dont les derniers nuages se retiraient comme l'arrière-garde d'une armée en déroute. Et moi, j'étais un écrivain en quête d'une histoire.

L'homme commença de façon singulière :

Ce que je vais vous raconter, en ce 28 août 1985, à Vienne, est la vérité sacro-sainte.

Je m'appelle Jenö Varga et suis originaire de Nagyret, un village hongrois, à la frontière de la Slovénie et de l'Autriche. Pour tout dire, je suis un enfant illégitime. Je ne connais pas le nom de mon père, bien que je nourrisse à ce sujet quelques soupçons. Ma mère répondit à mes premières questions, pour le moins embarrassantes, qu'il avait disparu au cours de la guerre, elle gardait pourtant l'espoir de le voir revenir. Elle me parlait souvent de lui car elle souhaitait ardemment que je sache quelle était ma condition, et elle le décrivait — à l'époque, je devais avoir trois ou quatre ans — comme un héros valeureux, vêtu d'un bel uniforme et monté sur un cheval. C'est ainsi que je pris l'habitude de m'asseoir des heures durant dans l'escalier de la maison, les yeux fixés sur la route, imaginant son arrivée, un colback enfoncé sur la tête, une cape sur les épaules, à cheval sur un bai nerveux dont les fers produisaient des étincelles. J'y pensais si souvent qu'il me suffisait, la nuit, d'entendre un lointain piétinement de sabots sur la route pour me précipiter à la fenêtre. Aussi, quand on me demandait où se trouvait mon père, je me gardais bien de répondre, comme nombre de mes camarades, qu'il était mort à la guerre (en réalité, la mort constituait alors, pour moi, une entité très vague), mais que tout le monde pourrait un jour le voir surgir au galop, son sabre à la main. Et j'en parlais avec tant de conviction que mes camarades de jeu avaient fini par me croire.

Ma mère ne conservait que deux objets ayant appartenu à mon père : un médaillon en or, qu'elle portait toujours à son cou, et *ce* violon, auquel mon destin s'est lié. A l'époque, il était toujours enfermé à clef dans son étui en bois. La première fois que ma mère me le montra, je m'en souviens, je n'osai même pas le toucher. Depuis plusieurs années déjà, les instruments de musique exerçaient sur moi une attirance irrésistible, et en particulier le violon, qui m'inspirait un étrange mélange d'amour et de crainte. Naturellement, je fus profondément frappé par le visage sculpté sur le chevillier : on aurait dit qu'il était vivant, prêt à s'exprimer, et je ne fus rassuré qu'au moment où ma mère replaça l'instrument dans son étui et le rangea sur le haut d'une armoire, dans la chambre. Pendant un certain temps, cette présence troubla mon sommeil, surtout quand ma mère m'envoyait me coucher tout seul. Puis, lorsque je découvris où se cachait la clef de ce petit coffre, la curiosité l'emporta sur la peur et je me hasardai à soulever le couvercle. Un étrange frisson me parcourut de la tête aux pieds quand, avec la prudence dont j'aurais usé pour caresser un tigre endormi, je passai ma main sur les cordes tendues. Au reste, je considérais les violons comme des créatures vivantes qui ne se réveillaient et ne se mettaient à chanter qu'au moment où on les effleurait d'une baguette de bois.

Dans mon village, les occasions de rencontrer des violonistes étaient rares. Elles se présentaient seulement lors des mariages et des fêtes du pays. Chaque fois, le son de leurs instruments me fascinait. Une année, une caravane de Tsiganes, marchands de chevaux et chaudronniers, fit halte pour la foire du village. Tandis que je me promenais en compagnie de ma mère, au milieu des étals, j'entendis non loin de là la musique des Tziganes. Je m'éloignai presque inconsciemment en direction de leur campement. J'ignore combien de temps je les écoutai, tapi dans un coin. A un moment donné, alerté par les aboiements d'un chien, un des violonistes s'aperçut de ma présence et vint vers moi sans cesser de jouer, me regardant droit dans les yeux comme pour m'envoûter. Je connaissais les bruits qui circulaient alors sur le compte des Tsiganes : on disait qu'ils enlevaient les enfants pour les vendre comme esclaves, ou pour les pousser à la mendicité après les avoir mutilés. Et pourtant, si mes jambes voulaient s'enfuir à l'approche de cet homme, je restais paralysé : le charme de la musique avait vaincu ma peur. Qui sait ce qu'il serait arrivé si ma mère n'avait pas surgi au dernier moment...

Mes grands-parents étaient morts de la grippe espagnole alors que je n'avais encore que quelques mois, et ma mère, demeurée seule et sans le moindre soutien, avait dû se résigner aux plus humbles besognes. Elle avait fini par trouver un travail dans un abattoir où, en compagnie d'autres femmes, elle hachait de la viande et confectionnait saucisses et saucissons. Mais elle était encore jeune et belle. Bien vite, son patron, un homme robuste et beaucoup plus âgé qu'elle, en tomba amoureux. Il la dispensa de ce travail ingrat, lui confiant la tâche d'étiqueter et d'emballer les paquets, et quand elle commença à s'occuper des comptes, de la correspondance et des clients, elle devint sa collaboratrice attitrée. Bien vite, l'homme se mit à la fréquenter et à lui rendre visite, lui apportant des fleurs et d'autres cadeaux. Enfin, il lui demanda sa main.

Pensant peut-être à mon avenir, ma mère accepta. Nous abandonnâmes donc notre maison pour vivre dans la ferme de mon beau-père, au milieu de porcheries dispersées sur une étendue de boue dont il montait parfois une odeur insoutenable, qui s'insinuait à l'intérieur et imprégnait le moindre objet. Mon beau-père ne quittait presque jamais son tablier maculé de boue et de sang. C'est ainsi que la place du valeureux cavalier fut occupée par un charcutier enrichi, un homme que j'ai toutefois respecté même si je ne suis pas parvenu à éprouver de l'affection pour lui, malgré son caractère débonnaire et jovial et ses attentions à notre égard.

Après la guerre, la fabrique prospéra de plus en plus et mon beau-père, ayant jeté son tablier crasseux pour un costume sombre traversé d'une chaîne en or, dut entreprendre de longs voyages qui l'éloignaient des semaines entières.

C'est justement au retour d'un de ces voyages d'affaires qu'il m'offrit un violon. En réalité, ma mère le lui avait commandé, mais je lui en fus tout aussi reconnaissant. C'était un violon miniature, un quart de violon, puisque je n'avais alors que sept ans. Lorsque je l'empoignai pour la première fois et en chatouillai les cordes de l'archet, j'eus l'impression qu'une main se superposait à la mienne pour la guider. Presque inconsciemment, je reproduisis une chanson que ma mère avait l'habitude de chanter. Il s'agissait seulement de quelques notes, mais elles suffirent à me remplir d'un bonheur nouveau. Ma mère était émue, sans doute parce que cette scène lui avait rappelé son passé. Et mon beau-père, bouffi d'orgueil, me prédit en plaisantant un grand avenir.

Si mon véritable père avait été présent, j'aurais sans doute trouvé en lui le meilleur des maîtres. Hélas, mon beau-père s'occupait de charcuterie. Ainsi, pendant plusieurs années, je m'exerçai au violon comme par jeu. Sans l'aide de personne, j'appris à l'accorder et je sus bien vite exécuter toutes les chansons qui m'étaient familières, avec variations et diminutions. Si quelqu'un fredonnait un nouveau refrain, j'étais en mesure de l'interpréter aussitôt. Et j'étais également capable d'improviser des mélodies de mon invention. Pourtant, j'ignorais tout du solfège, à l'exception des quelques rudiments que j'acquérais à l'école pendant l'heure de chant.

Un jour, l'instituteur, qui avait eu l'occasion de m'entendre, rendit visite à ma mère pour lui dire qu'il serait dommage de ne pas m'encourager dans cette voie. Certes, il n'y avait pas d'école de musique dans le village, mais il connaissait un maître qui pourrait me suivre pendant les premiers temps, un violoniste qui avait longtemps figuré dans les rangs de l'Orchestre national de Budapest. Si ma mère était d'accord, il lui parlerait de moi. Elle accepta, à la seule condition que mes études n'en souffrent pas, ce à quoi je m'engageai solennellement. J'étais excité et impatient, enthousiaste à l'idée d'apprendre quelque chose de nouveau sur l'instrument que j'adorais, et pas le moins du monde effrayé par les vingt kilomètres que j'allais devoir parcourir à pied une fois par semaine pour gagner le domicile du professeur. De nombreuses carrioles empruntaient cette route : il y aurait toujours un paysan pour m'emmener.

L'homme qui était censé m'enseigner l'art du violon était plutôt âgé et de caractère bourru. Il vivait seul dans une maison abandonnée au plus grand désordre. Le seul violon qu'on pouvait voir chez lui était accroché au mur au bout d'un fil de fer, et il était facile de deviner à la poussière accumulée sur le chevalet que personne ne l'avait touché depuis longtemps.

Ma première audition fut la plus grande humiliation de ma vie. J'étais convaincu de stupéfier mon professeur par mon talent, mais celui-ci m'arrêta après quelques notes. Il s'approcha de moi avec un air scandalisé, m'arracha le violon des mains et commença violemment à me fléchir la tête, me redresser le dos et me soulever le coude. On eût dit qu'il voulait me fourrer de force dans un vêtement trop étroit. Ce n'est qu'après m'avoir contraint à adopter une pose que je jugeais grotesque qu'il me rendit le violon en m'enjoignant d'un ton menaçant de ne pas abandonner cette position. Peu importait que je ne joue pas si cela m'était difficile, mais malheur à moi si je me hasardais à bouger, ne fût-ce que d'un millimètre ! A partir de ce jour-là et pendant tout le temps que je passai avec lui, il s'abstint volontairement de m'écouter. A dire la vérité, il ne se souciait guère de ma position : il me tournait le dos, écrivait ou lisait, regardait par la fenêtre, occupé par ses pensées. J'avais parfois l'impression que, si j'étais parti sur la pointe des pieds, il ne s'en serait même pas aperçu. En réalité, il me suivait comme s'il avait une deuxième paire d'yeux sur la nuque : il m'exhortait de temps en temps à relever le coude ou à redresser le dos, me prenant invariablement en faute, je l'avoue. Sa seule préoccupation, semblait-il, était de me faire grandir en fonction de l'instrument. Il me traitait comme l'une de ces plantes de jardin qui, bien taillées et liées à un tuteur, se développeront avec légèreté, mais toujours d'une façon artificielle. Oui, le violon était une greffe qui s'enracinerait en moi et avec laquelle je devais me confondre, jusqu'à ce que je sente mes veines et mes nerfs se ramifier dans son bois dur. Pendant un an, j'assistai une fois par semaine à des leçons au cours desquelles on ne parla jamais de musique, mais de la façon d'y plier son corps.

N'avez-vous jamais remarqué combien la position du violoniste manque de naturel ? Otez-lui son instrument pendant qu'il s'exerce, et regardez-le : ces membres raidis, ces yeux mi-clos, la pronation de l'avant-bras gauche et cette tête renversée sur le côté ne vous évoquent-ils pas la déposition de la Croix ?

Mais revenons à notre sujet. Les affaires de mon beau-père prospéraient de plus en plus, et au bout de quelques années nous nous installâmes à Budapest, où je commençai à suivre des cours réguliers. Je changeai souvent de maître, passant de l'école hongroise à l'école allemande, puis à l'école franco-belge, j'étudiai les cent mille coups d'archet de Ševčík, et je compris bien vite que la technique ne constitue qu'une opinion, que chaque professeur essaie d'annuler le travail de son prédécesseur et que, dans le cas d'un véritable talent comme le mien, le conflit entre la médiocrité et le génie était encore plus rude.

Les années s'écoulèrent au rythme des mesures de mon violon, qui grandissait avec moi. A l'âge de douze ans (je possédais désormais un violon trois quarts), je fréquentais la cinquième année de conservatoire. N'ayant désormais plus guère à m'apprendre sur la musique, les professeurs se tournaient vers la technique, élément auquel il est possible de consacrer des livres entiers, alors qu'il y a peu de chose, ou rien, à inculquer à propos de l'expression. Que peut-on dire, en effet, de cet état ineffable, engendré par l'union de l'effort physique et de la souffrance extatique ? N'est-ce pas la musique même qui s'exprime à travers l'homme, se posant sur lui comme des langues de feu et envahissant tout son corps, le possédant, le transformant en pur moyen, mort pour lui-même, accroché comme un bijou dans les vêtements de la divinité qui danse ? Qui donc pouvait pénétrer et dévoiler ce secret ? Qui, parmi mes connaissances, était seulement en mesure d'en soupçonner l'existence ? Incompétents en la matière, les professeurs préféraient se réfugier dans la technique, accessible à la vue et au toucher, composée de nerfs et de muscles, à laquelle on peut consacrer des discours sans fin. Ce n'est qu'au Collegium Musicum, considéré alors comme la plus prestigieuse école européenne, que j'allais découvrir que la technique est aussi un moyen de torture et d'humiliation.

A cette époque, la musique était ma seule foi. Mais la foi la plus inébranlable peut être secouée par le doute. J'étais terrifié à l'idée que mon violon se brise, ou que je me blesse gravement au point de ne plus être capable de me servir de mes mains. Pour cette raison, je refusais de participer aux jeux de mes camarades, qui me taxaient par conséquent de snob. Toutefois, si je soignais et protégeais mes mains en évitant tout risque, rien ne me garantissait que mon cerveau, qui concentrait ce que j'avais appris, resterait sain. Ces angoisses « terrestres » se doublaient aussi d'un doute métaphysique, théologique. Me serait-il possible de jouer dans l'au-delà ? Si tout se réduisait au pur esprit après la mort, de quoi serait fait mon violon ? Et dans un lieu de perfection tel que le paradis, l'exécution parfaite serait-elle la règle ? Ma musique ne serait-elle appréciée qu'aux enfers ? Enfin, serais-je obligé de me damner pour ne pas abandonner mon violon ?

L'inquiétude la plus absurde, qui m'assaillait la nuit et me procurait des heures d'insomnies, résidait dans la constatation que la musique n'existait qu'au moment où je la produisais, et qu'elle me quittait chaque fois que je reposais l'archet, me laissant incertain de son retour. Je devais alors me lever et aller pincer les cordes de mon violon pour m'assurer qu'elles vibraient encore, que la musique était encore présente, bien qu'assoupie, et qu'elle se réveillerait dès que je le souhaiterais. Mais je me demandais : sera-t-elle la même à son retour ? Combien de fois mon état d'esprit, mon humeur, l'avait influencée au point de la rendre méconnaissable ? Combien de fois ces cordes, qui, quelques heures plus tôt, me semblaient encore composées d'air, s'étaient transformées en des boyaux sourds, en de la corde rude ? Combien de fois mon archet avait refusé de voler et était devenu si lourd que mon poignet se tordait comme sous l'effet d'une barre de plomb, et que le chant de mon violon se faisait laid, strident, vulgaire ? Ces pensées obsédantes aboutissaient à une conclusion : la musique exige une fidélité absolue sous peine d'un abandon irrévocable, d'une condamnation à une solitude sans espoir. Mes peurs et mes angoisses s'évanouissaient au moment où je me mettais à jouer. Une seule solution s'offrait donc à moi : prolonger autant que possible mes exercices, jouer la totalité de mon répertoire, qui s'enrichissait toujours plus, recommencer, recommencer sans cesse. Un tel effort me conduisit rapidement aux limites de la résistance.

Quand on m'apprit que la musique compromettait ma santé, j'eus du mal à le croire. Je ne pouvais admettre cette idée ; je ne pouvais accepter d'interrompre mes études et de me séparer de mon violon pour la préserver. Mais devant l'état de mes poumons, le médecin avait été catégorique : repos absolu, air pur. Et pendant quelque temps, pas de violon.

C'est ainsi que mon beau-père nous emmena cet été-là à bord de sa nouvelle voiture, une Packard aux chromes brillants et au klaxon strident, dans un hôtel avec vue sur le lac Balaton, où je devais passer en compagnie de ma mère les plus tristes vacances de ma vie. J'observais les allées et venues des gens sans me lier avec qui que ce fût, et encore moins avec les garçons de mon âge. Je boudais du matin au soir. Ma mère lisait ou brodait, et je restais assis des heures entières sur la terrasse, regardant le lac avec mélancolie et ennui, tandis que les autres adolescents voltigeaient alentour. Leurs jeux bruyants ne parvenaient pas à me tirer de mon apathie apparente. En réalité, je parcourais mentalement tout mon répertoire, note après note. J'étais doté d'une mémoire musicale prodigieuse ; il me suffisait d'entendre une seule fois un morceau de musique pour être capable de le jouer, ou même de le solfier en chantant. Et j'arrivais même à le faire en silence. Mais je laissais échapper parfois un gémissement que ma mère prenait pour un signe d'agacement. Heureuse de me voir tranquille, elle se gardait bien de m'encourager à partager les jeux des garçons de mon âge. Les ordres du médecin étaient catégoriques : pas d'efforts, pas d'échauffement.

Ces interdits ne m'empêchaient pas de travailler : le matin, je m'enfermais dans ma chambre pour me consacrer à mes devoirs de vacances, mais je m'en lassais aussitôt et préférais songer à la musique et à mon violon, compter les jours qui me séparaient d'eux, allongé sur mon lit.

C'est justement dans cette chambre qu'il se produisit, un après-midi, un événement extraordinaire. Le soir tombait et j'étais assis à mon secrétaire, rêvassant devant un livre ouvert, quand je crus soudain être victime d'une hallucination auditive. Se pouvait-il que le son de mon violon se matérialisât à force d'y penser ? me demandai-je. Ce son parvenait, en effet, à mes oreilles, tantôt clair, tantôt étouffé, comme transporté par des rafales de vent. Je bondis de ma chaise et courus à la fenêtre, mais la grande terrasse n'était occupée que par les vacanciers habituels. A dire la vérité, le chant du violon venait de s'interrompre et j'en conclus qu'il s'agissait seulement d'une illusion. Mais tandis que je m'éloignais du balcon, il se manifesta de nouveau d'une façon à peine perceptible et se perdit pour resurgir encore, plus limpide que jamais. J'imaginai alors qu'on avait actionné un gramophone dans une chambre voisine, même si ce genre de musique était bien différent de celui qu'on écoute au moyen de cet appareil. Mais en me déplaçant lentement dans la chambre, je finis par comprendre que la mélodie s'échappait tout simplement de mon secrétaire comme d'une boîte à musique. Je fouillai en vain tous les tiroirs puis me mis à quatre pattes. C'est ainsi que je remarquai une fente dans le parquet à travers laquelle filtraient les notes. J'appuyai alors mon oreille contre le sol : ce n'était pas un gramophone, mais bien un violoniste en train de s'exercer. Et un maître, qui plus est : les notes volaient sans jamais s'arrêter ni vaciller, avec une vitesse incroyable. *Staccato, portato, legato, puntato,* et de nouveau *puntato, legato, portato, staccato*... C'étaient les exercices de Ševčík : l'ennuyeuse technique transformée en virtuosité.

Le volume du son variait, comme si le violoniste faisait les cent pas en s'exerçant : à chaque retour les cordes semblaient vibrer à quelques centimètres de ma joue. Brusquement, la série d'exercices cessa, et les notes du *Concerto n° 2 en ré majeur* de Mozart s'élevèrent : l'*allegro moderato*, l'*andante*, le *rondeau*, et de nouveau l'*andante*... J'écoutais, immobile et en extase. Qui sait ce qu'aurait imaginé ma mère en entrant dans la pièce à ce moment-là ! Je demeurai allongé sur le sol pendant plus d'une heure sans doute. Puis l'enchantement prit fin.

Au dîner, j'essayai de découvrir l'identité du mystérieux violoniste en jetant des regards à la ronde, mais l'hôtel, avec ses deux cents chambres, hébergeait presque cinq cents personnes, et le restaurant s'enorgueillissait de pas moins de trois cuisines différentes et d'autant de salles à manger.

Le lendemain matin, je rassemblai tout mon courage et allai demander à l'employé de la réception le nom de la personne qui occupait l'appartement d'au-dessous. Celui-ci me dévisagea de haut en bas et me répondit qu'il s'agissait d'informations d'ordre privé.

— J'ai cru entendre le son d'un violon, expliquai-je dans ma tentative d'amadouer l'employé.

Mais celui-ci se montra encore plus soupçonneux :

— Quand donc ? De nuit, peut-être ?

Cette question me déconcerta.

— Non, dis-je, c'était hier après-midi.

A ces mots, l'homme parut se rasséréner :

— Vous n'avez donc aucune réclamation à déposer à l'encontre de Mlle Hirschbaum ?

— Hirschbaum ? demandai-je, presque aveuglé par un brusque afflux de sang au visage, Sophie Hirschbaum ?

J'appris ainsi que la célèbre concertiste autrichienne était descendue depuis quelques jours dans notre hôtel.

Je ne la connaissais pas, je ne l'avais jamais vue, mais quand, ce matin-là, elle prit place sur la terrasse, à quelques mètres de l'endroit où je me trouvais avec ma mère, je n'eus aucun doute : je sus que c'était elle avec cette prescience qui ancre un visage dans notre esprit avant même que nous ne le découvrions, comme s'il émergeait d'une mémoire qui ne nous appartient pas.

Elle était assise non loin de moi. S'apercevant que je l'observais, elle m'adressa un sourire sans me regarder, mais se laissant toutefois contempler, s'exposant à mon attention avec paresse et indolence. Son visage, dont la pâleur était soulignée par une grande masse de boucles rousses, adoptait parfois une sorte de fixité extatique, myope et douce, qui me bouleversait. J'étais surtout fasciné par la forme de sa bouche, qui donnait à son expression virginale quelque chose de douloureux, comme la trace d'une ascendance plébéienne dans une silhouette royale, ou d'un obscur passé, éloigné mais pas complètement oublié. Ce doit être elle, me disais-je. Je n'en eus toutefois la certitude qu'à l'instant où, tournant la tête vers le serveur, elle dévoila cette espèce de tache brunâtre, entre le cou et la mâchoire, que les violonistes acquièrent au fil des ans en posant la joue sur la dure coquille d'ébène de leur instrument. Le doute n'était plus possible : j'étais en présence de Sophie

Hirschbaum. Et je compris que j'en étais déjà amoureux.

Je n'attendis pas une minute. Fort d'un courage inhabituel, je gagnai sa table sans hésiter. En me présentant, je lui confiai que je jouais moi aussi du violon et que j'étais un de ses grands admirateurs. Le trouble m'assaillit quand elle me demanda en quelle occasion je l'avais entendue. La veille, avouai-je en précisant que j'avais passé tout un après-midi à l'écouter, l'oreille collée au parquet. Cela sembla l'amuser beaucoup et la flatter, et elle me proposa de renoncer à une position aussi inconfortable et d'aller prendre le thé chez elle, à quatre heures, ce même après-midi. J'aurais ainsi tout loisir de l'écouter assis dans un fauteuil, ajouta-t-elle.

Après avoir obtenu la permission de ma mère, je frappai à quatre heures précises à la porte de l'appartement de Sophie. Elle vint elle-même m'ouvrir et m'indiqua un fauteuil, dans lequel je me pelotonnai en silence. Près de moi, se trouvaient une théière fumante, un igloo de morceaux de sucre et une assiette de biscuits, mais je me gardai bien d'y toucher, de peur de faire le moindre bruit. Dès que je fus assis, elle parut ne plus me prêter attention. Elle se dirigea vers une table où reposaient deux étuis ouverts, garnis de velours vert, l'un contenant un violon et l'autre une viole. Après un instant d'hésitation, elle saisit le violon et se mit à jouer. Sa musique était limpide, cristalline, et j'écoutais, le souffle coupé par l'émotion. Je crus déceler dans ses mouvements nerveux un reste d'entêtement enfantin, cet entêtement même qui pousse un enfant à s'empourprer de rage et à taper du pied par terre quand il veut à tout prix quelque chose, mais tandis que son archet égrenait les notes, elle sembla se transfigurer, acquérant un air sévère, presque masculin. Elle demeura ainsi, au milieu de la pièce, le dos droit, le menton relevé en une expression de hauteur, comme si elle était humiliée d'avoir à me servir sur un plateau d'argent des fleurs de glace aux pétales flétris.

Oui, je l'aimerai toute ma vie, pensais-je, et peu m'importait qu'elle fût une femme et moi un enfant, qu'il y eût entre nous un écart de plus de dix ans (à cette époque, Sophie Hirschbaum était âgée de vingt-quatre ans, et moi de douze ans et demi), peu importait qu'elle reprenne bientôt sa tournée tandis que je rentrerais à Budapest. Les routes que nous devions emprunter pour nous rencontrer n'étaient pas inscrites sur les cartes, elles étaient aussi éphémères que l'écume des bateaux — qui parcourent les mêmes trajets malgré l'étendue de l'océan.

Sophie s'interrompit brusquement et s'approcha de moi. Elle remarqua que le thé avait refroidi et que la montagne de biscuits était restée intacte, mais elle ne dit rien. Elle voulut savoir si j'avais apporté mon violon et si je m'exerçais moi aussi tous les jours. Je dus lui exposer ma situation désagréable.

— Je vais bientôt rentrer chez moi, ajoutai-je, et je pourrai me consacrer de nouveau à mes études.

— Dommage que tu n'aies pas ton violon, dit-elle, mais nous allons y remédier pour le moment.

Me tendant son instrument, elle me demanda de lui jouer un morceau. Je lui lançai un regard hésitant. En serais-je encore capable après une période d'inactivité aussi longue ? Je rassemblai tout mon courage et empoignai le violon. Bien qu'il fût plus grand que le mien, je retrouvai aussitôt ma sûreté et, presque en songe, plongé dans le halo de son regard, j'improvisai pour elle des variations sur une mélodie populaire hongroise. Sophie se plaça aussitôt à mes côtés soutenant mes notes en contrepoint sur sa viole. Et quand la musique s'évanouit sur la dominante, nous demeurâmes côte à côte un moment, unis par la même émotion. Puis elle me regarda d'un air étrange et, après m'avoir serré dans ses bras, m'embrassa sur la bouche.

— Ne l'abandonne jamais, me dit-elle. Rappelle-toi. Ne l'abandonne jamais !

Il est inutile d'essayer de vous expliquer combien tout cela fut merveilleux pour l'adolescent que j'étais. Hélas, ce moment magique ne se répéta pas. Le lendemain matin, en effet, je vis arriver trois êtres agités qui semblaient constituer l'escorte de Sophie, et dont — il était facile de le deviner — elle avait souhaité s'éloigner pour jouir d'un peu de tranquillité. Mais ils s'étaient bien vite remis sur ses traces. Après avoir encombré le hall d'un nombre de bagages exagéré, monopolisant ascenseurs et porteurs, la petite cour — une femme bavarde, un vieux monsieur et un homme d'âge mûr plutôt bedonnant — s'était enfin installée dans l'hôtel. Ils ne la quittaient pas un instant, l'étouffant de conseils, de recommandations et de promesses, et n'en finissaient pas de la flatter en la comblant de mille cajoleries.

C'est alors que se présenta son soupirant. Il avait un visage énergique, une démarche nerveuse que cadençait une élégante canne ; sa chevelure ébouriffée trahissait l'esprit libre de l'artiste. A sa vue, le trio s'envola. Restée seule, Sophie tenta à plusieurs reprises de le repousser, passant des mots aux faits : ses poings minuscules battaient contre sa poitrine insensible, bardée d'un gilet voyant de cretonne sur lequel se détachait une épingle en or et pierres précieuses. Bien décidé à l'embrasser, il l'attrapa par le poignet dans le hall à moitié désert, mais elle parvint à se libérer, se réfugiant dans l'ascenseur, où elle fut pourtant rejointe avant que les portes ne se referment.

Alors seulement, les trois accompagnateurs réapparurent, prenant place autour d'une table dans un silence triste qui eût convenu à une veillée funèbre. Ils étaient manifestement inquiets pour leur protégée, mais incapables de réagir. J'étais indigné : comment pouvaient-ils laisser Sophie à la merci de cet homme ? Désespéré, je montai dans ma chambre et me jetai à terre, collant mon oreille au plancher : c'est ainsi que je l'entendis crier des choses terribles à ma bien-aimée.

Puis il repartit aussi rapidement qu'il était arrivé. Rassemblant son courage, le trio alla frapper à la porte de Sophie. Aucune réponse. Ils redoublèrent de coups et d'appels, mais l'appartement demeurait silencieux. Alors, la femme se précipita dans les escaliers en hurlant et revint avec un valet de chambre muni d'un passe-partout. Hélas, la porte était verrouillée de l'intérieur. Il fallut attendre que le directeur monte quelques minutes plus tard et ordonne à deux employés énergiques d'enfoncer le battant pour pénétrer dans l'appartement.

Secourue par le médecin de l'hôtel, qui réussit à arrêter l'hémorragie, Sophie Hirschbaum fut aussitôt conduite à l'hôpital le plus proche. Avant de s'ouvrir les veines avec la pointe de ciseaux, elle avait avalé un tube entier de véronal.

Avec Sophie disparut la cour de ses accompagnateurs. L'après-midi, j'essayai d'obtenir de ses nouvelles, mais personne ne savait rien. Tout aussi muets furent les quotidiens du lendemain et c'est seulement le jour d'après que j'appris qu'elle était saine et sauve. L'article de la *Wiener Zeitung* attribuait son geste à un moment de dépression provoqué par la tournée interminable qu'elle avait entreprise depuis un an ; il mit également fin à mon désespoir et conjura le sort que je m'étais proposé : je m'étais juré, en effet, de la suivre aussi bien dans la mort que dans la vie.

Quelques jours plus tard, nous quittâmes l'hôtel en avance sur la date de notre retour : ma mère avait été bouleversée par cet épisode.

Au cours du trajet, je ne prononçai pas un seul mot. Les yeux fermés, je ravalais mes larmes tandis que sur le fond rose de mes paupières se dessinait clairement le visage de Sophie. Ma bouche conservait encore la brûlure de ses lèvres.

Ce voyage eût été l'événement le plus terrible de ma vie si la perspective de recommencer bientôt à jouer ne m'avait pas réconforté. A cette idée, je me sentais déjà plus proche de la violoniste.

Une fois arrivé, je me précipitai dans ma chambre, où je découvris avec stupeur que mon violon avait disparu. Croyant qu'on me l'avait volé, je courus aussitôt chez ma mère, qui ne parut pas troublée par la nouvelle. Elle m'attira à elle et me dit d'une voix solennelle :

— Tu es grand maintenant.

Voulait-elle dire que mon violon n'avait été qu'un jeu auquel je devais renoncer avec l'adolescence ? En proie à ces craintes, je pensais qu'il me serait impossible de survivre à cette perte, mais en suivant son regard je découvris, sur la table, le violon de mon père.

— Le moment de te le confier est arrivé, dit-elle en m'embrassant.

A peine l'eus-je touché, un frisson douloureux me parcourut le corps. Mes membres semblaient s'allonger et mes doigts s'étirer alors que je tournais les chevilles, comme si mon corps s'efforçait de s'adapter à l'instrument. Et tandis que je posais ma joue sur le violon, là même où mon père s'était appuyé, je vis clairement son image et mesurai soudain la valeur du cadeau qu'il m'avait laissé.

Face à cet instrument parfait, les violons que j'avais utilisés n'étaient que de vulgaires jouets ! Et quand enfin j'effleurai les cordes, j'eus la sensation qu'un autre les faisait vibrer pour moi, un être qui était en moi et qui m'enveloppait à la fois. On eût dit qu'un esprit mystérieux jaillissait du violon, un génie coléreux, représenté par le visage cruel et souffrant que j'entrevoyais sur la table d'harmonie, renversé comme s'il émergeait haletant de la surface de l'eau.

Nous étions alors en 1932 et j'entrais dans ma quatorzième année. Une année importante. En effet, je me distinguai à tel point dans mes études que je fus admis à me présenter à un concours international qui portait le nom du grand Joseph Joachim. Deux cents candidats accoururent de toute l'Europe. Après une série d'éliminatoires, je remportai à l'unanimité, dans la section « jeunes élèves non encore diplômés », une victoire très convoitée puisqu'elle valait à l'heureux élu une bourse d'études au Collegium Musicum, le rêve de tout jeune violoniste.

Cet institut, situé non loin de Vienne, constituait l'une des nombreuses routes menant à l'Olympe, la plus ardue mais aussi la plus directe, et son diplôme vous assurait une place dans un grand orchestre. Il avait également produit des solistes célèbres, tels que Sophie Hirschbaum, sur les traces de qui je commençai déjà à marcher, aidé par un destin encore bienveillant. Les années ou la distance ne pouvaient me séparer d'elle, mais seul mon mérite me permettrait de la retrouver.

Un jour peut-être, me disais-je, je jouerais à ses côtés le *Concerto pour deux violons* de Bach, ou la *Symphonie concertante* de Mozart. A moins que je ne fisse partie d'un quatuor en tournée perpétuelle dans le monde entier. Et j'imaginais déjà le regard d'entente que nous échangerions avant chaque attaque et à chaque *da capo,* je me sentais déjà voler à ses côtés et emporté dans son sillage. Je me voyais, à la fin du concert, m'incliner devant les applaudissements du public, sa main dans la mienne.

L'homme qui s'était présenté sous le nom de Jenö Varga se tut. L'auberge s'était vidée à notre insu et la serveuse enlevait déjà les nappes qui recouvraient les tables de la terrasse. Elle vint nous avertir que l'heure de la fermeture était arrivée, mais nous invita à demeurer assis, si nous le souhaitions — pourquoi pas toute la nuit. Je voulus payer l'addition mais Varga s'entêta ; avant même que j'aie pu attraper mon portefeuille, il avait déjà entassé sur la table une poignée de pièces qui, après une rapide vérification, finirent dans le gros porte-monnaie de la jeune femme ; celle-ci refusa cependant de nous apporter une dernière consommation. Quand elle se fut éloignée, Varga haussa les épaules et tira de sa poche une bouteille d'Obstler, petite et plate, qu'il déboucha et porta à ses lèvres. Puis, se rendant compte de son impolitesse, il me pria de l'excuser et me tendit la flasque après en avoir essuyé le goulot de la paume de la main. Par discrétion, je refusai. Il but encore quelques gorgées. Il ne se décidait pas à reprendre le fil de son récit.

Plusieurs minutes s'écoulèrent péniblement ; il semblait écouter une voix intérieure. Il finit par dire :

Si j'avais fait un autre choix, ma vie, mais aussi ma mort, seraient sans doute différentes ; j'aurais parcouru une route plus praticable, à défaut d'être plus digne. En effet, après avoir gagné ce concours difficile, je fus assailli par de nombreuses propositions, qui visaient toutes à m'exhiber en qualité d'*enfant prodige**. Mais ma mère refusa de céder au chant des sirènes.

Qui sait pourquoi je vous dis ces choses-là ? Il faut être bête pour parler des occasions manquées en sachant pertinemment que notre vie n'emprunte qu'une seule route : celle que nous avons choisie. Une chose est certaine : je franchis le seuil du Collegium Musicum comme en plein rêve, et donc dans un état de totale inconscience. Ainsi, si je n'avais pas ressenti quelque émulation ni éprouvé de l'amour pour Sophie Hirschbaum, mon instinct de conservation m'aurait peut-être mis en garde et empêché d'entrer dans cet Institut auquel aspiraient tant les petits-bourgeois de l'Europe entière, sans imaginer le moins du monde la vie qu'on y menait et les dangers mortels que les enfants couraient entre ces murs — les murs d'un ancien pénitentier, de surcroît. Leur terrible apparence aurait dû suffire à les avertir de la menace que cet édifice représentait : le talent ne pouvait être récompensé par un séjour aux enfers. Et puis-

* En français dans le texte.

qu'il était impossible d'effacer cette contradiction en changeant l'aspect horrible de ces lieux ou la personnalité — tout aussi horrible — de ses occupants, il était facile de prévoir que le talent y serait sévèrement puni.

A l'instant précis où le portail de fer se referma derrière moi, je compris qu'il n'y avait qu'une seule issue à ce lieu : en supporter jusqu'au bout toutes les humiliations et la volonté de ceux qui s'acharneraient à ralentir ma progression. Comment reculer, en effet ? Tout renoncement eût été une défaite impardonnable ! N'avais-je pas eu le privilège d'être admis avec une bourse d'études à la plus célèbre école de violon d'Europe ? Une seule alternative s'imposait donc à moi : couronner mes études de succès, ou mourir.

Tandis que, en rang dans la grande cour parmi deux cents élèves, j'attendais que commence l'appel, je perçus comme le chuchotement d'une étrange tentation. Il ne me faudrait pas attendre longtemps pour en découvrir la véritable nature : la voix qui résonnerait des mois et des années sous ces voûtes immenses, dans une atmosphère de hauteur et de désarroi, n'était autre qu'une invitation au suicide.

Aujourd'hui, il ne reste plus aucune trace du Collegium Musicum, à l'exception d'un amas de pierres recouvert de mauvaises herbes. J'aurais besoin d'une carte détaillée pour vous montrer l'emplacement exact du bâtiment, transformé en dépôt de munitions pendant la guerre et dynamité avant la défaite. C'est une chance que cet ignoble endroit ait été effacé du paysage, mais il est, hélas, toujours ancré dans ma mémoire. A cette époque déjà, il n'était pas facile de s'y rendre. Il se dressait en Basse-Autriche, le long de la vallée du Danube, sur la route qui mène de Stockerau à Tulln. On ne pouvait l'apercevoir que de la fenêtre du train, car il était éloigné des routes habituellement battues. De loin, on aurait dit une forteresse construite sur le rocher. A l'intérieur aussi, tout semblait hors d'atteinte et fermé au monde extérieur, qui n'apparaissait que derrière des meurtrières ouvertes sur un paysage aride et pierreux, sur un horizon assombri où il était impossible de déceler la moindre trace de cette société des hommes que nous croyions avoir quittée à jamais. Le seul espace ouvert, semblable à une vallée entourée de montagnes dont le soleil effleure à peine les crêtes, était constitué par une cour recouverte de cailloutis et ceinte d'arcades sous lesquelles trônaient les bustes en bronze des anciens professeurs qui, du fait de leurs dimensions, avaient des allures de monstres macrocéphales.

Nous n'avions le droit d'accéder à cette cour que deux fois par jour : le soir, pour l'heure de récréation, et le matin, à l'aube, pour la gymnastique. Le reste du temps, nous vivions enfermés, soumis à une discipline quasi militaire. Nos chambres étaient des cellules étroites disposant d'une seule fenêtre, à laquelle nous ne pouvions pas nous pencher car elle était trop haute et enfoncée dans un mur fort épais. Pas d'endroit où s'asseoir, à l'exception d'un lit de sangle escamotable qui, une fois abaissé, occupait toute la place. A neuf heures du soir, les portes de ces habitacles étaient verrouillées de l'extérieur, les lumières s'éteignaient et personne n'était autorisé à sortir jusqu'au matin suivant, à cinq heures, quand nous nous réunissions dans la cour pour les exercices de gymnastique au sol, été comme hiver, par n'importe quel temps. Nous nous précipitions ensuite aux douches, des sortes de parcs de bois, véritables trappes dont nous devions actionner avec force une poignée dentée, entraînant un mécanisme à ressort qui se déclenchait en bout de course et enfermait celui qui s'était permis de dépasser les cinq minutes de règle. Le retardataire restait ainsi prisonnier toute la journée, et on lui attribuait sur le registre une absence injustifiée. Un autre élève osait-il le libérer ? Il connaissait le même sort. En réalité, personne ne courait ce risque, car le Collegium Musicum était un terrain de compétition féroce, où chacun ne pensait qu'à sa propre personne. La moindre négligence était minutieusement évaluée sur le bulletin de l'élève, et il suffisait de peu pour être expulsé. Règles et interdits étaient l'ordre du jour : il était défendu de posséder des objets en or, de l'argent, des lettres, des journaux et d'autres livres que ceux de l'école ; défendu de chanter, de parler, d'être bruyant, de s'appuyer contre les murs, de demeurer assis, même pendant l'heure de récréation (ou, dans de rares cas, tout droit, sans toucher le dossier). Et il ne fallait jamais abandonner ces attitudes martiales : la moindre action devait être accomplie rapidement, le moindre déplacement au pas de course.

A cinq heures et demie, nous nous retrouvions au réfectoire où, avant de consommer le petit déjeuner en l'espace d'un quart d'heure — pas plus —, nous étions forcés de réciter, debout devant les tables, d'interminables prières et d'entonner hymnes et chants. A six heures précises, nous étions de retour dans nos cellules. Après avoir refait le lit avec une précision scrupuleuse, l'avoir soulevé et accroché au mur (pour des nécessités d'espace évidentes), nous nous exercions pendant deux heures au violon dans les conditions les plus inconfortables qui fussent et avec une acoustique qui n'avait d'autre équivalent que celle d'une tombe. Comme chacun exécutait ses propres exercices, il régnait un vacarme dissonant, parmi lequel on avait parfois l'impression d'entendre le crépitement et le battement des ailes de milliers d'oiseaux fuyant devant un ouragan, ou le terrible mugissement d'une ménagerie en flammes. Il convient d'ajouter à ce tableau les coups de canne qu'un gardien, parcourant le couloir avec la précision d'un automate, distribuait aux portes pour manifester sa vigilance. Impossible donc de songer à paresser, ne fût-ce qu'un instant ! Rien ne se rapprochait plus, je crois, de l'image évangélique de l'enfer, avec ses pleurs et ses grincements de dents. A huit heures, nous quittions nos cellules pour entrer en classe : le Collegium Musicum, en effet, n'était pas seulement une école de musique, mais aussi un lycée qui dispensait des cours dans toutes les matières humanistes et scientifiques.

L'Institut était divisé en trois départements bien précis. Le premier, duquel je relevais, destiné à l'étude des instruments à cordes et situé sur le côté sud de l'immense bâtiment, était le plus vaste. Du même côté, mais un peu plus à l'écart, la section pour l'étude du piano et des instruments à vent. Enfin, côté nord, l'internat des filles, aussi mystérieux à nos yeux qu'un cloître. Quand nous l'observions de loin le soir, nous imaginions que des silhouettes féminines se déplaçaient derrière les fenêtres. Et il m'arrivait souvent de penser avec émotion que Sophie Hirschbaum avait longtemps été prisonnière de ces cellules.

Pendant les huit mois de l'année scolaire, nous ne sortions du collège que le dimanche quand, en file indienne et sous la conduite de notre professeur d'éducation physique, nous effectuions de longues marches forcées à travers bois pour tonifier nos poumons. Nous apercevions parfois des maisons et des villages, que nous longions en observant avec envie les activités quotidiennes de leurs habitants. C'était là notre seul contact avec le monde extérieur : notre institut constituait une petite enclave vivant en autarcie et comprenant une blanchisserie, un abattoir, une menuiserie bien outillée. Plombiers, mécaniciens, chauffeurs, cuisiniers, jardiniers et charpentiers ne manquaient pas... ils venaient justement des petits villages que nous entrevoyions au cours de nos excursions. Ce personnel nous jetait des regards curieux et indulgents, et les yeux des femmes qui travaillaient à la cuisine, passaient entre les tables à l'heure des repas en poussant une énorme marmite et remplissaient de soupe nos assiettes d'aluminium, avaient souvent des reflets de compassion. Et pourtant nous étions tirés à quatre épingles, apparemment respectés par nos professeurs. Ne composions-nous pas le vivier d'où surgissaient de futurs concertistes, de grands exécutants, des chefs d'orchestre ? N'appartenions-nous pas à ces rares privilégiés, autorisés à entrer dans ce sanctuaire alors que tant d'autres frappaient à la porte en vain ? Il était évident, en revanche, que ces paysannes et ces villageoises n'auraient pas souhaité voir leurs enfants entre ces murs.

Les professeurs étaient comme nous des reclus. Mais tout le monde sait que bourreaux et victimes partagent d'une certaine façon le même sort. Car bourreaux et victimes sont les termes adéquats. Si nos professeurs de musique, âgés pour la plupart, avaient tous été élèves du Collegium, quelque chose les avait empêchés de prendre leur envol au terme de leurs études. Les dures années de leur apprentissage avaient-elles éteint en eux le besoin d'excellence et l'aspiration à la liberté ? Le fait est qu'ils avaient choisi de rester à l'abri des murs massifs du Collegium, même s'ils occupaient désormais des fonctions plus ingrates. Chambre (pas beaucoup plus grande que nos cellules), repas et protection contre le monde extérieur leur étaient assurés, et ils avaient tout loisir d'exercer sur une centaine d'élèves un pouvoir illimité. Était-ce ce pouvoir qui les avait retenus en ces lieux ? Quoi qu'il en fût, leur médiocrité leur conférait une tâche des plus perverses : refréner et décourager des élèves qui ne devaient en aucun cas atteindre leur niveau ou le dépasser, et donc leur indiquer la mauvaise route, se comporter comme des pierres d'achoppement sur leur chemin, leur inculquer une seule vérité : il est certes possible d'approcher la perfection, mais jamais de l'atteindre. Au reste, l'emblème du Collegium Musicum, brodé sur nos uniformes de drap vert, ne représentait-il pas Sisyphe et son rocher ?

Le corps enseignant ne se montrait au complet qu'à l'occasion des repas, puisque les professeurs mangeaient en même temps que nous, réunis sur ce que nous appelions « la scène », une longue table placée sur une estrade, un peu à l'écart mais dans une position qui leur permettait de nous surveiller constamment. La haine constituait la force d'agrégation de ce groupe : haine que ses membres éprouvaient les uns à l'égard des autres, haine qu'ils nourrissaient aussi à l'égard des étudiants en général, et de leurs élèves en particulier, et qui augmentait proportionnellement au talent des jeunes gens qu'ils étaient censés former. D'un commun accord, ils s'efforçaient de mettre ceux-ci en difficulté, passant de l'indifférence à l'arrogance et à l'humiliation.

Mon premier professeur, que nous avions surnommé « Descendante », était un homme repoussant, gros et vulgaire dont les cheveux longs et bouclés retombaient sur les épaules comme une perruque. Pendant les leçons, il battait la mesure sur le sol au moyen d'une canne ancienne comme l'eût fait un maître de musique à la cour du roi de France. « En mesure ! En mesure ! », hurlait-il en tapant toujours plus fort. Il lui arrivait aussi d'interrompre son élève d'une voix de fausset, grotesque pour sa corpulence, en le reprenant d'une façon brusque et arbitraire sur la justesse du son : « Descendante ! Montante ! » Et comme il ne spécifiait pas le passage en question, il finissait toujours par semer le trouble chez l'élève le mieux préparé. Je compris sa tactique dès notre première rencontre quand, invité à jouer un morceau — n'importe lequel —, je décidai d'exécuter un *Caprice* de Paganini que je connaissais fort bien. Il m'arrêta après quelques mesures, sans aucune raison apparente ; en réalité parce qu'il refusait de m'entendre jusqu'au bout, et d'admettre que l'excellence pouvait se nicher chez un élève.

— Approchez-vous, me dit-il sur un ton qui n'augurait rien de bon. Voyons un peu ce violon (il le prit entre ses mains dodues et le souleva à hauteur de son nez comme pour le renifler). Hum, hum... Quel est le métier de votre père ? Marchand de viande. Hum, hum...

— Ce n'est pas mon véritable père, c'est mon beau-père, me hâtai-je de préciser. Mon père est mort à la guerre.

— Et que faisait votre véritable père ?

— Il était musicien, mentis-je.

— Hum, hum, je vois, je vois, répéta-t-il en examinant le violon. Cet instrument me paraît trop grand pour votre main, et quand les instruments sont trop grands, les gammes qu'ils produisent sont inévitablement descendantes. Il faudra travailler, mon petit pigeon, travailler beaucoup. Vous ne savez pas tout, voyez-vous. La vitesse au détriment de la justesse du son, voilà le défaut le plus fréquent chez ceux qui se croient géniaux, comme vous ! Et maintenant, vous allez replacer ce joli violon dans son étui, le confier à qui de droit et vous exercer sur un instrument de notre laboratoire de lutherie.

Il n'y avait rien de vrai dans ce qu'il disait. Ce n'était qu'une provocation, l'action odieuse d'un odieux personnage qui se permettait, qui plus est, de m'appeler mon petit pigeon ! Plutôt mourir que de renoncer à mon violon ! Et pourtant, c'est lui qui eut le dernier le mot : je dus remettre mon précieux instrument au magasinier, qui me signa un reçu et me donna en échange un violon flambant neuf et anonyme. A partir de ce jour-là, le professeur Descendante se garda bien de m'inviter à jouer le morceau de mon choix : il m'obligea à exécuter une série d'exercices qui n'avaient rien de musical, et qui étaient même en contradiction avec l'idée de musique, à interpréter les passages les plus compliqués et les plus inutiles sur un instrument dont le son ressemblait à la voix d'un adolescent enrhumé. Il ne cessait de me persécuter. Ses leçons étaient des affrontements ouverts. Et si, les premières fois, je n'avais pas été capable de me dominer devant ses observations absurdes et méchantes, j'appris bien vite à écouter en silence les critiques les plus stupides, persuadé que mon talent restait en dépit de tout inattaquable. Avec le temps, je commençai même à l'approuver. « Maître, lui disais-je, et à ces mots son énorme nez se couvrait déjà de sueur, faut-il exécuter ce morceau de la pointe ou du talon de l'archet ? » Ou « Maître, quel doigté vous semble-t-il le plus approprié à ce passage ? » Naturellement, il s'agissait de questions simples, qui ne requéraient pas de réflexion excessive : je me limitais à l'évidence, en quêtant des conseils si naïfs qu'il fallait vraiment être aveuglé par la vanité pour ne pas flairer la moquerie. Mais il ne devinait rien. Je crois qu'il finit même par éprouver une certaine sympathie pour moi : il me permit de reprendre mon violon au bout de quelques mois.

Vous ne pouvez imaginer combien il était difficile de s'adapter à la mentalité et aux comportements des gens qui fréquentaient ce lieu. Se plier aux volontés d'autrui ne suffisait pas, il était nécessaire d'accepter l'hypocrisie, de pratiquer l'art de l'adulation, de manier le mensonge et même la délation. C'était le seul moyen de survivre.

Année après année, les choses empiraient. A chaque marche franchie, l'escalier devenait plus raide et se promettait d'être plus long. Votre nouvel enseignant n'était pas meilleur que le précédent, il employait simplement une autre tactique, flattait d'autres sentiments. Vous n'étiez plus frappé directement, mais d'une façon plus subtile. Ainsi, il se gagnait vos faveurs et vous couvrait de louanges, vous amenant tout doucement à baisser la garde, à vous confier, à dire ce que vous pensiez de son prédécesseur et de sa méthode d'enseignement, pour mieux vous maîtriser au moyen du chantage et de la menace la plus terrible : l'expulsion. Plus vous progressiez, plus ce danger était imminent. Désormais, je me sentais relativement sûr de moi, le jeu des professeurs m'était familier ; mais combien d'élèves tombèrent dans leurs pièges ! Le Collegium Musicum réservait les punitions corporelles aux plus jeunes, qui pouvaient être traînés par l'oreille au milieu de l'hilarité générale, ou enfermés des journées entières dans un cabinet (ce qui donnait au moins aux élèves la consolation de s'être acquittés de leur dette). Tout autre était le sort des plus âgés : quand ils étaient pris en faute, les professeurs faisaient peser sur eux la grande menace pour le reste de l'année. Le « coupable » ne connaissait son destin qu'après les examens du mois de juin, et quand il y avait condamnation, elle était proclamée publiquement, lors de la cérémonie de remise des diplômes, qui avait lieu dans la grande salle, en présence de tous les élèves. Précédée par les discours des professeurs et celui, interminable, du directeur, la distribution des prix commençait par la lecture des peines qui se résumaient toujours à l'expulsion. L'élève était appelé et invité à s'approcher de la chaire. Une fois la sentence énoncée, il devait ôter la veste verte de son uniforme, la laisser tomber à terre et sortir sous le regard de tout le monde. Une condamnation à mort n'eût pas paru plus cruelle.

Mais quand j'observais ceux qui assistaient à ce spectacle si humiliant, je ne lisais dans leur yeux qu'une froideur impitoyable, cette même froideur qui m'envahissait parfois à l'annonce d'un malheur et qui ne traduisait ni un manque de sensibilité ni de l'indifférence, mais simplement le désir de se protéger contre la mort. « Cela pouvait m'arriver, et c'est arrivé à un autre » : voilà ce que leur regard disait, voilà le sentiment que j'éprouvais. Notre froideur augmentait quand l'infortuné camarade refusait d'accepter sa condamnation et tentait de se disculper, cédant aux larmes, aux protestations, refusant de sortir, ou osant invoquer la clémence alors qu'on l'entraînait de force hors de la salle. Et elle devenait de glace si le coupable révélait son intention de se suicider ou, pis encore, s'il la mettait à exécution, comme cela se produisit par trois fois au cours de mon séjour au Collegium. Deux élèves, en effet, se donnèrent la mort deux mois après leur renvoi. Le troisième, qui avait suscité notre admiration par la dignité avec laquelle il avait quitté la salle, monta à l'insu de tous au sommet du bâtiment et, tout aussi dignement, se jeta dans le vide. Mais il y eut aussi le cas déconcertant d'un élève qui, un an plus tard, choisit la même fin après avoir obtenu son diplôme avec les félicitations du jury, et par là même la promesse d'un avenir assuré. Le suicide était-il donc aussi bien la conséquence de l'échec que du succès ? Nous ne parvenions pas à le comprendre et encore moins à imaginer combien l'espace qui nous séparait de la mort était mince.

Vous vous demandez peut-être pourquoi le Collegium Musicum jouissait d'une telle célébrité dans toute l'Europe malgré le régime de terreur qui y régnait, et comment une école où l'on piétinait les jeunes talents réussissait à livrer des musiciens accomplis. En ce qui me concerne, j'avais cru, au début, que les mesures des enseignants leur étaient dictées par un dessein bien précis et qu'ils visaient, en ébranlant la moindre certitude et en glissant le doute quant à votre préparation, à vous libérer de la suffisance, de la prétention et de la vanité pour vous transformer en véritable virtuose. La devise du collège n'était-elle pas *Virtuti fortuna comes* ? Je me rendis compte bien vite que je me trompais. Nous n'étions pas des musiciens à qui la fortune allait sourire, mais bien des jouets dans les mains d'hommes mesquins.

Et pourtant, on avait toujours vanté la qualité des professeurs du Collegium Musicum. « De grands élèves formés par de grands enseignants », voilà ce qu'on disait de l'école. Non, ces enseignants ne pouvaient pas être ceux que je voyais tous les jours, ces misérables qui ne perdaient jamais une occasion de se chamailler pour les motifs les plus futiles, ces menteurs qui n'osaient pas empoigner un violon et vous parlaient cependant de notes et de positions, ces fanfarons, capables de discuter indéfiniment du bon angle de la première phalange du petit doigt, qui n'abordaient jamais le thème de la musique, n'exécutaient pas le moindre morceau en votre présence de peur d'être obligés de dévoiler leur nullité ! Non, ce n'étaient pas des maîtres, mais les incarnations du doute, de la peur et de la tromperie. C'étaient les vices qui attentaient à votre vertu, les gardiens de l'enfer qui vous empêchaient de sortir du cercle où vous étiez tombé.

Si nous habitions le royaume de Lucifer, nous avions parfois le soulagement de voir Orphée y descendre en personne ; alors les dieux et les gardiens du sous-sol s'adoucissaient, la musique suspendait nos tourments et même le rocher de Sisyphe se figeait sur sa pente. Orphée adoptait pour nous le visage et les traits d'un Enesco, d'un Flesch ou d'un Hubay, les meilleurs violonistes du moment, les Menuhin, Oïstrakh ou Ughi de jadis... Hôtes du Collegium Musicum à la fin du printemps, ils tenaient un séminaire et concluaient l'année scolaire de la façon la plus enthousiasmante qui fût, effaçant en nous souffrance et humiliation ; pendant quatre semaines, la musique était enfin présente, chassant même la grisaille du bâtiment et son influence néfaste. C'était la seule raison qui nous poussait à revenir, l'année suivante.

Nous étions donc en été, l'année scolaire finissait et nous rentrions chez nous. L'idée de retrouver le monde extérieur m'insupportait car les vacances constituaient à mes yeux une perte de temps. Au cours de ces huit mois de réclusion, mon esprit s'était habitué à la rigueur, à la discipline, à la poursuite de la perfection et je me sentais soudain étranger parmi tous ces êtres bruyants qui n'avaient rien à voir avec mon univers, parlaient de tout autre chose, s'agitaient pour des motifs que je ne comprenais pas. Chez moi, j'occupais mes journées à m'exercer au violon. Le reste m'était étranger, et je l'étais également aux autres, même à ma mère, qui m'en faisait le reproche. Pourtant, la dernière fois que je la vis, elle m'apparut changée elle aussi, empâtée, comme si elle cachait quelque chose de bizarre. Elle ne se levait presque plus et me suppliait parfois de m'interrompre, comme si ma musique était pour elle une torture. Ses mots me mortifiaient : le son de mon violon était toute ma vie. Si je n'avais pas été aussi obsédé par mon ambition, je me serais peut-être aperçu qu'elle était enceinte.

Au cours de ma quatrième année de collège, je reçus au début du premier trimestre un télégramme de mon beau-père : il me priait de rentrer au plus vite, car ma mère était très mal. Je voyageai toute la nuit et arrivai avec le jour. Les lumières du premier étage étaient curieusement allumées et, en montant les escaliers, je me heurtai à une femme qui portait dans un panier des draps ensanglantés. Je trouvai ma mère allongée dans son lit, la tête soutenue par deux oreillers. Elle avait perdu connaissance depuis deux jours ; elle rouvrait les yeux de temps en temps, mais il était évident qu'elle ne voyait pas ceux qui étaient à son chevet, quant à les reconnaître... Ce matin-là, un prêtre vint lui administrer l'extrême-onction. Quelques heures plus tard, quelqu'un lui baissa les paupières de la paume de la main.

Tout s'était déroulé en ma présence et pourtant j'avais l'impression d'être ailleurs. Je ne souffrais pas, non, j'étais devenu aussi dur qu'une vieille jarre, mon âme était perdue et seule ma raison observait la scène d'un œil détaché. Mais la raison ignore les larmes et si j'éprouvais un sentiment, c'était seulement de l'agacement à l'idée d'abandonner mon violon. J'aurais dû pleurer la perte que je subissais, et voilà que je vivais cet événement comme un fâcheux accident qui m'arrachait à ma discipline. Le corps de ma mère, déjà préparé, reposait dans la chambre ardente, mais je ne résistai pas à la tentation de m'isoler un moment pour effleurer de l'archet les cordes de mon violon, entendre au moins leur susurrement.

Cet épisode vous suffira sans doute pour comprendre combien mon esprit était désormais déformé.

Ainsi qu'elle le désirait, ma mère fut inhumée à Nagyret, à côté de ses parents. L'enterrement se déroula sous la pluie. On fit descendre les deux cercueils dans la tombe : celui de ma mère d'abord, grand et sombre, et celui, minuscule et blanc, de la créature qui était morte à la naissance et qui en mourant lui avait ôté la vie.

Tout se passa avec une rapidité et une précision inouïes. Le moindre geste me semblait empreint d'une indicible brutalité. On aurait dit qu'il fallait accomplir en toute hâte l'acte sacré de l'inhumation. Je m'attendais à ce qu'on répandît doucement, comme au cours des semailles, de la terre tamisée dans la fosse, entre un éloge funèbre et une prière. Il me parut donc intolérable qu'on précipitât sur elle avec autant de dureté des cailloux et des mottes de terre dont le bruit retentissait comme les coups de la crosse d'un fusil sur une porte, en pleine nuit.

De retour à Budapest, mon beau-père m'appela dans son bureau. Il était assis en compagnie d'un petit homme vêtu de noir : le notaire, qui assistait à l'ouverture du testament de ma mère. Celle-ci me laissait une somme d'argent et demandait à mon beau-père de me verser une rente jusqu'à ma majorité.

Après le départ du notaire, mon beau-père m'assura qu'il respecterait la volonté de son épouse. Ce sont les mots qu'il employa, « mon épouse », et non plus « ta mère ». Il ajouta qu'il paierait mes études et m'entretiendrait pendant les cinq années à venir, et donc jusqu'à mon vingt et unième anniversaire, au moyen d'une rente annuelle proportionnelle à mes nécessités. Il me donna aussi une adresse, à Vienne, où retirer l'argent. Il était conscient, me dit-il, que plus rien désormais ne m'attirerait dans sa maison, mais il se déclara prêt à m'accueillir et, si je le souhaitais, à m'engager dans son entreprise.

— Je sais que tu ne m'as jamais considéré comme un père, continua-t-il, mais je t'ai toujours aimé. Et tu ne peux me rendre coupable de sa mort parce que j'ai voulu également un enfant de mon propre sang.

Il fondit en pleurs et ses larmes, qui coulaient sur son visage enflé, aussi lisse que le galet d'un ruisseau, suscitèrent en moi une sourde jalousie. Il m'était impossible d'imaginer que cet homme avait aimé ma mère. Et tandis que, au comble de l'émotion, il se penchait sur son bureau pour cacher son visage entre ses bras, je découvris sur le mur l'ébauche d'une affiche publicitaire pour un nouveau produit : le *pâté* de porc. Autour d'une boîte ouverte, toute une famille d'obèses au teint rose, du grand-père au bébé sur sa chaise haute, exprimait le bonheur le plus abject.

L'après-midi même, je repartis pour l'Autriche. Je retournai sur mon lieu d'expiation et pendant plusieurs jours eus la sensation d'avoir tout oublié. Seules les images de l'enterrement affluaient à ma mémoire, mais toujours aussi vides d'émotion : je voyais et revoyais le couvercle de chêne se rabattre sur le profil de ma mère, j'entendais les cailloux rebondir sur la caisse de résonance de son cercueil. Mais un jour, la dure jarre qui me contenait se fissura et les choses reprirent leur véritable sens. Dès lors, le bruit de l'étui de mon violon qui se refermait, celui de la pluie qui tombait en imprégnant la terre, ou le parfum de certaines fleurs suffisaient à me rappeler ce jour et à me procurer, rarement d'abord, puis de plus en plus fréquemment, une souffrance intolérable.

C'est dans cet esprit-là que je me remis à l'étude et j'avoue que je fus tenté à maintes reprises de tout abandonner pour entrer dans l'entreprise de mon beau-père.

Ce fut l'année la plus difficile car, plus d'une fois, je fus taraudé par la pensée que le violon n'était peut-être pas une raison de vivre suffisante ; l'année où la musique, qui m'avait jusqu'alors toujours réconforté par sa présence immatérielle, m'abandonna. Je découvris la structure glaciale de la technique — *corpus sine spiritu* —, des gestes automatiques qui engendraient diatonismes, chromatismes, dissonances et mélodies. Au-delà, ne restait qu'un silence obstiné.

Mon ménestrel s'interrompit une fois encore : était-ce le bruit de la balayeuse mécanique qui avançait le long de la rue en nous aveuglant de son gyrophare, ou le claquement des portes d'une voiture et les voix d'un groupe de personnes qui prenaient congé de leurs amis ? Quoi qu'il en fût, le fil de ses pensées s'était bel et bien rompu et on aurait dit qu'il en cherchait justement le bout en fouillant ses poches avec angoisse. Il finit par en tirer sa flasque d'eau-de-vie et avala la dernière gorgée. Puis il commença à m'examiner de façon étrange. Quand un acteur joue une pièce, ou qu'un narrateur vous raconte une histoire, il arrive toujours un moment où il rentre brusquement en lui-même en vous fixant dans les yeux sans rien dire. Oui, Jenö Varga me regardait à présent comme s'il venait de sortir d'un rêve. Essayait-il de se rappeler qui il était et pourquoi il se trouvait là, assis en face de moi, à cette heure de la nuit ? Un instant, je craignis qu'il ne voulût s'en aller, mais je restai muet : tout mot, tout signe de ma part, eût été déplacé. On aurait dit qu'il traquait sur mon visage une trace d'incrédulité. Je fus sans doute reçu à cet examen, car je vis brusquement ses lèvres s'étirer. C'était la première fois que ses traits se détendaient en un sourire — amer, certes, mais qui tranchait sur son habituel ricanement insolent.

A voix basse, ou presque, il poursuivit son récit :

Cette année-là aussi, je fis la rencontre de Kuno, mon premier ami, descendu dans ce lieu, me semblait-il, pour m'aider à en surmonter la dernière et la plus difficile épreuve...

Comme vous l'imaginerez aisément, il était rare que naisse une amitié dans un tel climat de déloyauté et de délation, d'autant que chaque relation était entachée du soupçon d'homosexualité. Les sympathies naturelles qui jaillissaient parfois entre les élèves étaient systématiquement entravées par les professeurs et balayées, de toute façon, par l'ambition quand arrivait le moment de composer l'orchestre de chambre qui exécuterait le concert de clôture aux côtés d'un soliste célèbre. C'était, en effet, la seule possibilité que nous avions d'observer de près un musicien renommé et de nous mettre en valeur afin d'en tirer des avantages pour le futur. Car si chaque étudiant souhaitait devenir, au terme de ses études, le protégé d'un violoniste célèbre, les grands musiciens n'étaient disposés — c'est un fait bien connu — à prendre sous leur aile que les élèves déjà passés maîtres dans leur art. Le concert de clôture se transformait donc, de manière indirecte, en une véritable audition. L'orchestre de chambre ne prévoyait que quatorze violons. Les places étaient donc chères, et les rivalités féroces. Il se créait dès le milieu de l'année scolaire une atmosphère de tension si forte que de nombreux élèves évitaient même de se parler.

Il faut dire aussi que les attirances entre élèves étaient déterminées par leurs affinités artistiques : les raisons qui poussaient parfois deux adolescents à sympathiser étaient, en effet, de nature purement musicale. La langue que nous parlions était la musique et c'est vers elle que convergeaient tous nos sujets de conversation ; mais au Collegium Musicum, elle pouvait aussi bien unir profondément deux êtres que les diviser. Ma rencontre avec Kuno l'emporta sur toutes les contradictions et se produisit de façon pour le moins singulière.

En général, les visages, les voix et les noms de nos camarades de classe s'évanouissaient dans le néant et se confondaient à tel point qu'il nous arrivait parfois de découvrir l'existence d'un élève qu'on avait pourtant vu tous les jours pendant des mois. En réalité, il n'acquérait une physionomie précise qu'au moment où nous l'entendions jouer.

C'est exactement ce qu'il se passa entre Kuno et moi. Sa présence se manifesta un beau jour, pendant les exercices du matin. Au cours de ces deux heures, nous avions le droit d'interpréter les morceaux de notre choix en essayant, malgré le vacarme, de nous concentrer sur nos notes, afin qu'elles ne fussent couvertes par celles de nos camarades. Ce jour-là, fatigué, exaspéré par le silence qui régnait depuis trop longtemps en moi, je m'étais jeté violemment dans les bras de la musique, comme ceux qui, après avoir frappé en vain à une porte, décident par désespoir de l'abattre d'un coup d'épaule. Je m'étais lancé dans un *Caprice* de Paganini que je connaissais par cœur, et je l'exécutais avec une telle ferveur que j'eus la sensation, au bout d'un moment, d'être seul dans le collège. Je n'entendais plus rien autour de moi, le moindre bruit s'était brusquement éteint, mes notes résonnaient dans le silence, semblant même se mirer dans un lointain écho. Au bout d'un moment, je compris qu'il ne s'agissait pas d'une illusion : les élèves avaient cessé de jouer pour m'écouter, ou mieux, pour nous écouter. Oui, car dans une cellule voisine, quelqu'un exécutait le même morceau en même temps que moi. Je m'arrêtai, surpris par le silence de mes compagnons, mais l'écho ne disparut pas aussitôt : il se prolongea encore l'espace de quelques mesures, puis le silence s'abattit sur nous. Mon mystérieux camarade se demandait certainement si son signal avait été perçu, aussi repris-je le morceau à l'endroit même où je m'étais interrompu, lui livrant ainsi ma réponse. Alors, d'autres notes se plaquèrent sur les miennes, en les imitant. Mais cela fut bref : le gardien lançait déjà des invectives dans le couloir en donnant furieusement des coups de canne dans nos portes et en ordonnant aux élèves de recommencer leurs exercices. Quelques secondes plus tard, la clameur des archets nous submergea à nouveau.

Voilà quel fut le premier signal, qui ne suffit pas à nous identifier : nous n'étions que deux voix qui se cherchaient. Quelques jours plus tard cependant, alors que je me rendais à mon habituelle leçon de l'après-midi en empruntant le couloir, j'entendis derrière une porte quelqu'un s'exercer impétueusement au battement d'un Maelzel réglé au maximum. J'ouvris cette porte sans la moindre hésitation, sans même songer aux conséquences désastreuses que mon irruption risquait d'entraîner. Heureusement, le garçon était seul. Ne s'étant pas aperçu de ma présence, il continuait de jouer.

Un instant, je sentis mon sang se glacer dans mes veines. L'adolescent me ressemblait d'une façon extraordinaire : il avait le même âge, la même taille, les mêmes mains que moi, et surtout cette expression extasiée que je sentais se peindre sur mon visage quand je jouais. En le voyant, j'eus l'impression de me voir, comme si la pièce n'était qu'une vaste surface réfléchissante qui me renvoyait mon image. Et je découvris en lui un double complémentaire, une doublure empreinte d'émotion pure, un souffleur inconnu qui revendique de temps en temps ses droits sur le masque pâle qui s'agite sur la scène. Je me vis donc, je vis l'existence que je menais, crucifié à mon violon. Et c'est à ce moment-là que j'appréhendai la force obsédante et possessive de la musique.

Mais l'hallucination s'évanouit aussitôt. Ayant enfin remarqué ma présence, le garçon s'interrompit et se tourna vers moi, sans la moindre surprise. Il s'approcha et me tendit la main. Je me rendis compte alors que, contrairement à ce que j'avais cru, nous étions physiquement fort différents.

— Kuno, dit-il, Kuno Blau. C'était donc toi, l'autre jour qui... faisais des étincelles ?

— Tu n'étais pas en reste.

Il me poussa fermement dans le couloir :

— Va-t'en, dit-il, avant que mon professeur arrive.

Puis il ajouta avant de refermer la porte, un nouveau sourire sur les lèvres :

— On aurait dit le chant des sirènes au milieu d'une tempête.

Enfin il me cligna de l'œil et repoussa le battant, me donnant à peine le temps de m'éloigner sans être vu du professeur qui se présentait à ce moment-là.

Kuno était né à Hofstain dans le Tyrol, et avait étudié au conservatoire d'Innsbruck. Souhaitant qu'il obtienne le diplôme du Collegium Musicum, ses parents l'avaient obligé à passer un examen d'admission très difficile et à suivre les deux dernières années d'études du Collège. Il venait d'une famille noble fort riche — son père était banquier — mais ne jouissait d'aucun privilège par rapport aux autres élèves ; au contraire, il se comportait comme s'il fréquentait le collège depuis la première année. Il se distinguait pourtant par son assurance ostentatoire et son brin d'arrogance, même à l'égard des professeurs. Il possédait une qualité qui me plut : fort de sa supériorité, il n'hésitait pas à se porter au secours des plus faibles, une attitude totalement inhabituelle au Collegium.

Un jour, je m'en souviens, nous écoutions les

répétitions d'un *concerto grosso* de Haendel (les plus âgés avaient, en effet, le droit d'assister aux leçons des plus jeunes). Dans le groupe de musique d'ensemble se trouvait un garçon, en quatrième année de violon, qui était souvent la cible des moqueries de ses camarades du fait de son aspect frêle et de ses oreilles rouge sang, qui contrastaient avec la pâleur de son visage. Quand, après une brève interruption, la répétition reprit, le violon de l'adolescent commença à émettre des sons étranges. Il était difficile de comprendre comment ses camarades avaient mis au point la plaisanterie, par ailleurs fort classique au collège ; mais ils avaient bel et bien enduit de savon les cordes de l'instrument, le rendant inutilisable. Le garçon tentait en vain de jouer, tandis que ses compagnons ricanaient, ou plutôt contractaient leurs mâchoires pour s'empêcher de rire. Avant même que le professeur ait pu réagir, Kuno se précipita auprès du malheureux (déjà au bord des larmes) et lui tendit son précieux violon, lui permettant ainsi de terminer la répétition. Ce fut un geste inattendu, déconcertant. À partir de ce jour-là, plus personne n'osa se moquer du garçon aux oreilles rouges.

Kuno et moi étions les meilleurs éléments de notre classe, et peut-être de toute l'école. Ce fut sans doute un sentiment d'admiration réciproque qui nous attira l'un vers l'autre. Et si nous ne pouvions passer beaucoup de temps ensemble, nous réussissions toujours à échanger des regards d'entente, de complicité. Nous étions désormais des privilégiés : nous avions triomphé de toutes les épreuves, balayé tous les obstacles, et peu importait que ce fût dans des lieux différents. Nous regardions l'avenir avec confiance et contemplions avec un sentiment de supériorité ceux qui se débattaient encore dans les cercles inférieurs de l'enfer. Nous étions respectés et admirés, et la jalousie et le boycott de nos professeurs avaient fini par se transformer en une bienveillance écœurante, si maladroite parfois qu'elle en devenait insupportable. Pendant l'heure de récréation, nous nous promenions ensemble dans la cour, sous le regard de nos camarades. Naturellement, nous ne nous cachions rien : j'avais raconté à Kuno toute ma vie, dans les moindres détails, et même mon amour pour Sophie. Mais il évoluait dans un monde bien différent, qui débordait d'objets, d'êtres et de souvenirs, alors que le mien demeurait désespérément vide : personne n'était là pour m'épauler, même pas mon père, ce qui suscitait parfois en moi un peu de jalousie, mêlée d'admiration.

Nous fûmes choisis pour jouer, à la fin de l'année, le quatuor *Les Dissonances* de Mozart, aux côtés du grand violoncelliste Piatigorsky. Quelques jours plus tard, il y avait déjà dans notre « au revoir et à l'automne » la promesse d'une amitié.

Pour la première fois, je quittai le collège sans destination précise. La liberté me donnait le vertige. La seule pensée de retourner, à l'automne, entre les murs de cette prison me tourmentait, mais je sentais aussi que c'était mon unique refuge. Le monde s'étendait au-dehors ; la solitude le rendait encore plus vaste et la liberté encore plus désert.

A Vienne, les bureaux et les entrepôts de la nouvelle filiale de l'entreprise qu'avait créée mon beau-père occupaient l'entresol d'un bâtiment en briques dans la Wienzeile. Son *pâté* était en train de conquérir les marchés autrichien et allemand, et la famille obèse de la publicité souriait d'un air heureux sur les murs de la ville, au-dessus du slogan *SCHMECKT GUT ?*

Le directeur de la filiale, M. Peter Grenze, avait été chargé de me verser la somme d'argent nécessaire à ma subsistance et de m'aider en cas de besoin. Il me donna des adresses de chambres à louer ou de pensions bon marché pour étudiants. Puis me voyant indécis, il finit par me proposer un logement qui lui appartenait, une mansarde où je pourrais jouer la nuit si je le voulais, sans déranger personne, et qui se trouvait, ajouta-t-il, dans la Schülerstrasse, à quelques pas de la maison où Mozart avait vécu. Naturellement, j'acceptais cette offre et le refuge qu'elle me procurait. La mansarde surplombait une cour encombrée de plaques de marbre et de statues d'anges, où travaillait un tailleur de pierres. Et des fenêtres de l'appartement du dessous me parvenaient parfois, le soir, les notes d'un piano et la voix passionnée d'un baryton.

Chaque jour, je m'exerçais au violon pendant quatre heures puis sortais, déambulais dans les rues, poussais jusqu'aux rives du Danube et m'allongeais sur l'herbe, au soleil, pour contempler le ballet des péniches. Je mangeais dans les pâtisseries ou m'arrêtais dans les buvettes et, malgré ma solitude, cette vie de bohème parvenait parfois à me rendre heureux.

Bien sûr, je n'avais pas oublié Sophie Hirschbaum. Au cours de ces quatre années passées au Collegium Musicum, j'avais suivi sa vie de loin, à travers les journaux qui circulaient clandestinement. Sophie Hirschbaum était viennoise, et la presse autrichienne parlait souvent d'elle. En classant nouvelles et dates, j'étais parvenu à dessiner une carte — certes incomplète — de ses déplacements en Europe. Après le dramatique épisode du lac Balaton, Sophie avait repris son activité de concertiste avec une fougue renouvelée, mais elle l'avait freinée durant les deux dernières années. Libérée peut-être d'un contrat astreignant, elle alternait à présent les concerts avec l'étude et l'enseignement. Il est facile d'imaginer mon émotion quand je lus dans un journal qu'elle tiendrait des séminaires à Vienne, l'année suivante, pour un petit groupe d'élèves diplômés. Il me restait encore un an à passer au Collegium. Pourquoi, pensais-je, ne pas lui écrire que je désirais la revoir ? J'étais bouleversé à l'idée que le destin pût réunir nos routes ainsi que je l'avais toujours prévu. Mais le journal n'indiquait ni le lieu ni la date de ces séminaires et, au Conservatoire, personne ne sut me fournir de renseignements. Quand je demandai avec insistance où lui envoyer une lettre, on me donna une adresse à Vienne — la seule connue des employés à leur dire : 19, Bürgerstrasse. C'est dans cette rue, plutôt isolée et tranquille, que je commençai donc à déambuler. Je la parcourais des heures durant, l'étui de mon violon à la main, persuadé que les passants soupçonnaient la raison de ma présence dans ce quartier. Si, le premier jour, j'avais lorgné le numéro 19 de loin et toujours de l'autre côté de la rue, le troisième, je me tenais immobile devant la porte d'entrée pour examiner le nom des occupants sur les petites plaques. J'avais beau lire et relire : celui de Sophie n'y figurait pas.

— Que cherchez-vous ?

Un homme aux cheveux blancs et au teint pâle, surgi derrière moi à mon insu, m'avait fait sursauter. A l'évidence, il habitait cet immeuble et s'apprêtait à glisser sa clef dans la serrure. Il m'examinait toutefois avec perplexité et posait sur l'étui de mon violon un regard plein d'intérêt. Je n'avais rien à craindre : au fond, je cherchais seulement quelqu'un, quoi de plus légitime au monde ? Et pourtant, les amoureux, comme les voleurs, ont toujours quelque chose à cacher. En guise de réponse, je sortis de ma poche un billet sur lequel l'adresse était inscrite et, l'agitant comme un sauf-conduit, balbutiai quelques mots à propos d'un séminaire d'études musicales censé se tenir à Vienne sous la direction de Sophie Hirschbaum. Le vieillard s'était enfin décidé à introduire la clef dans la serrure ; après avoir ouvert la porte, il m'invita à entrer. J'hésitai un instant, puis le suivis à travers le hall et le long d'un escalier qui nous conduisit à un appartement au premier étage. Sur la porte, s'étalait une plaque ovale en cuivre un peu terne, portant l'inscription Prof. Albert Ganz. L'homme haletait à cause de l'effort, et son teint s'était un peu ravivé sur les joues. Il n'avait pas prononcé un seul mot de tout le trajet et je me demandais pourquoi j'avais accepté son invitation. Voilà qu'il se débattait maintenant avec un autre trousseau de clefs pour venir à bout de cette nouvelle serrure, opération qui se révélait cette fois-ci plus ardue. C'est à ce moment-là que je m'enhardis à l'interroger : avait-il quelque chose à voir avec Sophie Hirschbaum et son programme d'études ? Il m'adressa un sourire à la fois bienveillant et rusé, ainsi que — c'est du moins ce que je crus — un signe d'aquiescement à peine perceptible. La porte s'était ouverte sur un couloir nu, dans la pénombre, occupé par un porte-parapluies de métal doré pour le moins voyant et quelques pots d'aspidistra. Il me précéda vers ce qui semblait être la seule source de lumière de l'appartement, au fond du couloir, et nous pénétrâmes à mon grand soulagement dans un vaste salon lumineux. C'est alors que retentit le sifflement d'un canari ; il devait accabler son maître de reproches puisque celui-ci se hâta de changer l'eau de son petit bol et d'ajouter du millet frais dans sa minuscule mangeoire, tout en le priant d'une voix flûtée d'excuser une aussi longue absence. Il n'était pas difficile de comprendre que l'homme vivait seul, et ce depuis de trop nombreuses années peut-être.

J'étais resté tout ce temps-là près de la porte en observant le vieillard empressé, mais mon amusement se changea en malaise quand je le vis disparaître derrière une autre porte. Un instant, je craignis qu'il n'eût oublié ma présence. Il revint heureusement au bout de quelques minutes en tenant à la main deux gros volumes in-folio reliés en cuir, qu'il posa sur une table. Puis, après m'avoir jeté un regard héberlué, il me dit :

— Mais que faites-vous là, debout ? Entrez, jeune homme, asseyez-vous.

Toujours perplexe quant à la raison de ma présence en cet endroit, je choisis une chaise au dossier rigide que je préférai à un fauteuil. Mais j'aperçus un objet qui me redonna courage : dans une pièce communicante, de la grandeur de celle où nous nous trouvions, trônait un piano demi-queue. C'était donc la demeure d'un musicien, ou tout au moins d'un amateur de musique ! Certes, les pianos ne manquaient pas dans les intérieurs viennois, mais certains perdaient leur fonction au fil du temps, relégués au rôle de meubles, aussi précieux qu'inutiles. Toutefois le pupitre de ce piano arborait une partition, et le couvercle en était soulevé, signe qu'il avait été récemment utilisé. L'homme continuait de chercher quelque chose, ouvrant armoires et tiroirs, soupirant bruyamment et jurant entre ses dents. Ayant fini par dénicher ses lunettes, il s'empara d'un des volumes qu'il avait apportés et s'assit dans un fauteuil, juste en face de moi.

Il m'examina longuement avant de parler. Il

paraissait se demander s'il pouvait vraiment se confier à moi.

— Vous connaissez Sophie ? m'interrogea-t-il. (J'acquiesçai en rougissant un peu.) Jadis, on jouait de la musique dans cette maison. Mais depuis que ma femme est morte et que ma fille est partie pour mener sa carrière de concertiste, je ne vis plus que de souvenirs.

Il ajouta, en lisant la surprise sur mon visage :

— Oui, ma fille Sophie a voulu garder le nom de famille de sa mère, pensant qu'il était plus approprié à sa carrière.

Il me tendit ensuite un des deux volumes, un album de photographies, que je commençai de feuilleter par curiosité d'abord, puis avec intérêt et émotion. Toute la vie de Sophie y était concentrée. Je tournais les pages très lentement, contemplais les photographies, parcourais les articles que son père avait rassemblés et conservés. Quatre années s'étaient écoulées depuis le jour de notre première rencontre mais, à en juger par les images les plus récentes, Sophie ne semblait pas avoir changé. Partout, elle avait cet aspect frêle d'adolescente pâle et désabusée. Une photo surtout me frappa : celle qui la représentait debout, avec son violon, dans une pose hiératique de divinité égyptienne. J'avoue que j'eus la tentation de la dérober.

Enfin (l'après-midi était déjà avancé), le professeur Ganz me demanda si j'avais envie d'interpréter un morceau avec lui. Nous passâmes dans la pièce d'à côté, dont les murs étaient recouverts des affiches de tous les théâtres d'Europe où Sophie s'était produite en concert. Après avoir fouillé parmi des piles de partitions entassées ici et là, même sur le sol, le professeur trouva ce qu'il cherchait : les sonates pour violon et piano de Beethoven. Nous choisîmes la sonate *Le Printemps* qui, à ses dires, était la préférée de Sophie (et à partir de ce moment-là de moi-même). Après qu'il m'eut donné la mesure, nous attaquâmes l'allégro. Alors le professeur Albert Ganz se métamorphosa : l'homme qui m'était apparu faible et peu décidé fut envahi par une ardeur juvénile. Il possédait un toucher et un talent que je n'aurais jamais pu soupçonner en lui. On aurait dit que nous formions un duo depuis toujours : chaque pause, chaque attaque était précise et l'accord parfait — je le devinais à son sourire, aux regards qu'il me lançait, au balancement de sa tête qui s'inclinait parfois jusqu'au clavier. Peut-être, me disais-je, sentait-il autour de lui la présence de sa femme et de Sophie quand il fermait les yeux ? Mais à la fin de l'adagio *molto espressivo*, il se leva en toussant, m'annonça qu'il était fatigué et que nous jouerions une autre fois. Je reposai mon violon et suivis le vieux pianiste jusqu'à la porte. C'est à ce moment seulement que je m'aperçus qu'il avait les yeux pleins de larmes.

Je revins à plusieurs reprises dans cette demeure et, avant de repartir pour le collège, laissai au professeur Ganz une lettre destinée à Sophie en le priant d'adresser une éventuelle réponse à l'entreprise de mon beau-père, à l'attention du directeur, M. Grenze. Mais au cours de mon voyage en train, je fus assailli par le doute. Il n'y avait pas plus irrévocable qu'une lettre ! me disais-je, repensant à ce que je lui avais écrit. N'avais-je pas pris trop de libertés ? Mon désir de la revoir pour me perfectionner sous sa direction ne ressemblait-il pas à une déclaration d'amour passionnée ? Et puis, avais-je bien fait de lui rappeler notre rencontre, qui s'était déroulée à une époque de sa vie qu'elle aurait certainement voulu oublier ? Mais si elle avait vraiment effacé cet épisode de sa mémoire, elle ne se souvenait plus de moi, et ma lettre lui apparaîtrait comme le radotage d'un exalté.

Je retournai donc au collège pour la dernière année. Quand on est sur le point de conclure un long voyage et qu'on arrive en vue de notre destination, la dernière partie du trajet, brève, si brève par rapport à celle qu'on a déjà parcourue, devient brusquement plus dure : l'espace semble se dilater, le but s'éloigne et se change en mirage. La présence de Kuno me fut, heureusement, d'un grand soutien. Au cours de cette année, notre amitié se souda et se joua de toutes les hostilités. Nous étions les meilleurs, constituions un exemple et nous nous préparions à plonger dans le monde pour témoigner de la grandeur du Collegium Musicum. Mais la jalousie ne désarmait pas. Il y avait toujours quelqu'un pour se demander, en tentant de semer la discorde, qui était le meilleur d'entre nous. Le chemin qui menait à la perfection devait-il vraiment dégénérer en compétition ? La déesse de la musique allait-elle vraiment rejeter l'un de nous ? Nous nous considérions comme des égaux et empruntions le même chemin étroit, avancions sous la lumière de la même lampe. Si, au bout de ce chemin, une porte ne s'ouvrait que pour un seul élu, alors aucun des deux, peut-être, ne la franchirait, préférant s'écarter devant l'autre. Habités et unis par un tel sentiment, nous étions étrangers à toute rivalité et pareils à deux frères — certes pas de la même chair et du même sang, mais de ce même esprit où résidaient l'ordre, le rythme et l'harmonie. Je ne savais pas encore que l'esprit parfois s'assombrit.

La formation de l'orchestre pour le concert de fin d'année prévoyait qu'un élève diplômé, et un seul, tiendrait le rôle du premier violon. Ce rôle irait donc à Kuno ou à moi-même. Je n'avais aucunement l'intention de contester une décision en faveur de mon ami, j'étais même prêt à lui céder ma place — non par modestie, mais par suprême ambition : mon talent n'était pas à prouver.

Pourtant quand, au milieu de l'année, le bruit courut que le concert serait exécuté à Vienne, retransmis par la radio nationale autrichienne, et que le soliste serait Sophie Hirschbaum, je dus revenir sur mon pseudo-sentiment d'altruisme : la place de premier violon ne pouvait m'échapper car le destin exigeait que je me tienne aux côtés de ma bien-aimée.

Les tentations de la vie n'ont pour but que de mettre à l'épreuve notre fermeté d'âme. Y céder procure parfois un apaisement, certes précaire et tourmenté. Mais les pires tentations sont celles auxquelles on cède sans rien obtenir, sinon la découverte amère de notre faiblesse. Heureusement, rien de tout cela ne se produisit. Le programme fut brusquement annulé. Notre directeur, qui en était le promoteur, fut soudain destitué pour « raisons de santé » et le Collegium commença à accueillir de curieux personnages qui semblaient étrangers, ou presque, au monde de l'enseignement. Nous les observions tous — les professeurs compris — avec soupçon et crainte. En effet, les nouveaux venus avaient constitué une sorte de « Commission de contrôle » de l'école et se barricadaient dans une pièce du premier étage, où ils se livraient à une activité dont on ignorait tout. Une seule certitude cependant : il se déroulait dans cette pièce des interrogatoires interminables. Nombre de ceux qui en franchissaient le seuil disparaissaient quelques jours plus tard sans laisser de traces. Leur nom était effacé de l'appel du matin et gommé des registres. De leur présence, il ne restait plus qu'une cellule vide et un matelas roulé sur le lit escamotable. Tout se passait avec une telle rapidité et une telle décision que nous finissions par nous demander si ces Rosenbaum, Goldmayer ou Horowitz, avec qui nous avions partagé pendant des années espace, nourriture et savoir, avaient réellement fréquenté le Collegium Musicum. Mais il valait mieux feindre l'indifférence, il valait mieux se convaincre qu'ils n'avaient pas existé.

La « Commission » avait libre accès à toutes les pièces et jouissait du droit d'entrer dans toutes les cellules, d'inspecter les effets personnels des élèves et des professeurs et d'ouvrir leur correspondance, ce qui lui octroyait un pouvoir illimité. D'après certaines rumeurs, elle était chargée de composer une philharmonie de la jeunesse autrichienne en choisissant ses membres parmi les meilleurs élèves de diverses écoles, en fonction de leur préparation musicale mais aussi, à en croire d'autres bruits, de leurs idées politiques et religieuses. Quoi qu'il en fût, le concert viennois n'eut pas lieu. Et une fois de plus, mes retrouvailles tant attendues avec Sophie Hirschbaum furent repoussées. L'année se conclut comme toutes les précédentes. Ou pis encore. Les séminaires des grands violonistes furent supprimés, tout comme le concert de clôture. Et il ne nous resta plus qu'à écouter de longs discours sur la musique et le patriotisme, sur le rôle de la musique dans la société, sur la dégénérescence de la musique contemporaine.

Je ne parvenais pas à croire que j'allais définitivement abandonner ces lieux. Comme cela arrive quand on obtient ce qu'on a désiré pendant des années, je découvris que je m'étais tellement habitué aux contraintes et aux efforts que j'avais presque perdu de vue le but si durement poursuivi. Ce que j'avais conquis me semblait déjà dépassé. C'était comme si je m'étais endormi dans le train et réveillé à mille lieues de la gare où je devais descendre.

Avant de quitter le collège, je posai sur mes

camarades et mes professeurs un tout autre regard ; j'éprouvais pour eux de l'affection, mais aussi un peu de jalousie : j'étais forcé de m'en aller, pas eux.

Kuno voulait à tout prix que je le suive à Innsbruck et sois l'hôte de sa famille pendant les vacances. Mais j'avais d'abord des choses importantes à accomplir. Enfin, devant son insistance, je lui promis que j'irais le retrouver une fois mes affaires réglées et nous partîmes dans deux directions opposées.

De retour à Vienne, je me précipitai à l'entreprise de mon beau-père pour toucher ma petite rente. M. Grenze était absent. On me fit asseoir dans son bureau, que j'examinai avec effroi : une table tachée d'encre, des murs nus, un enduit écaillé et des taches de moisissure le long des plinthes, des vitres en verre dépoli sur la porte d'entrée, une fenêtre donnant sur l'entrepôt... Était-ce donc le lieu auquel j'étais destiné ? Le temps que dura mon attente, je lus et relus les règles anti-incendie fixées sur le mur à côté du bureau. Je fus frappé en particulier par le passage conseillant d'abandonner le bâtiment, en cas d'incendie ou d'autre danger, « avec diligence mais sans céder à la panique », et tentai d'imaginer la façon dont l'opération pouvait se produire. A ce moment-là, la famille des obèses roses passa devant la fenêtre et ses membres me sourirent comme s'ils m'invitaient à me joindre à eux. L'affiche qui vantait le pâté était désormais reproduite sur les fourgons de l'entreprise.

Enfin, M. Grenze arriva. Il semblait content de me revoir. Il me versa l'argent qui me revenait après en avoir soustrait le loyer de la mansarde pour une année. Il y avait aussi du courrier, me dit-il, et à ces mots mon cœur s'emballa... en vain : la réponse de Sophie n'y figurait pas. Il s'agissait seulement d'une lettre de mon beau-père ; il avait appris que j'avais terminé mes études avec succès et m'en félicitait. L'aventure m'attendait désormais, écrivait-il, je possédais la jeunesse et le talent, il était donc juste que je réalise mes projets. Lui aussi avait été un rêveur du temps de son adolescence, mais la sévérité de la vie s'était chargée de le ramener sur terre. Il concluait en affirmant qu'il y aurait toujours une place pour moi dans son entreprise.

Je me rendis ensuite au numéro 19 de la Bürgerstrasse pour m'assurer que mon message avait été transmis à Sophie, mais une voisine m'apprit que le professeur Ganz était parti et qu'il ne reviendrait probablement pas. Il avait tout vendu : meubles, piano, livres.

— Mais où est-il allé ?

— Très loin, d'après son aspect.

— Pourquoi ?

La femme répéta « Pourquoi ? » en écartant les bras.

À la fin du mois d'août, je décidai d'accepter l'invitation de Kuno et lui annonçai par un télégramme le jour et l'heure de mon arrivée. Je chargeai M. Grenze de me faire suivre mon courrier. Puis je pris la route d'Innsbruck.

Je ne pouvais imaginer que le lieu où j'allais symbolisait le cône d'ombre de mon passé et qu'il s'y dissimulait le mystère, ou mieux, la mystification de mon existence.

Kuno m'attendait à la gare avec voiture et chauffeur. Ce dernier, un homme trapu vêtu d'un cache-poussière gris, dont le crâne était occupé par de grosses lunettes, s'empara de mes valises et les rangea dans le coffre. Nous parcourûmes une route tortueuse au milieu des bois, au bout de laquelle je vis se profiler sur les sapins noirs les murs de Hofstain. Ce n'était pas un village ainsi que je l'avais toujours cru, mais un véritable château. Le soleil se couchait et la grande façade était plongée dans l'ombre, les vitres du premier étage reflétaient des lambeaux de ciel lumineux. La voiture s'immobilisa devant une lourde porte en bois, constellée de clous. Après avoir déchargé mes bagages, le chauffeur tira avec force sur une poignée qui dépassait du mur. Un carillonnement se diffusa à l'intérieur et au bout d'une longue, trop longue attente, le battant s'ouvrit sur un valet, ou mieux un vieillard en livrée, portant des culottes de velours noir serrées au genoux et des bas de coton blanc qui s'affaissaient sur ses mollets grêles.

— Bienvenue, dit-il, un tremblement dans la voix.

Nous entrâmes. L'intérieur était sombre. Seul,

un rayon de soleil perçait un vitrail, au fond, et éclairait, à travers des galaxies de poussière en suspension, un astrolabe placé sur une table au milieu de piles de livres et de liasses de papiers. Meubles austères, tapisseries, galerie de portraits des ancêtres, tout exhalait l'odeur rance du temps. Et les parents de Kuno semblaient, eux aussi, prendre la pose pour la postérité. Son père était un homme grand, au crâne dégarni et aux gros favoris gris, qui s'appuyait sur une élégante canne d'ébène pour corriger son pas claudicant. Sa mère, une femme encore jeune et belle, était dotée d'un des sourires les plus captivants que j'eusse jamais vus : c'est elle qui me mit aussitôt à mon aise en déclarant que tous les occupants de Hofstain étaient impatients de connaître l'ami de son fils. Tous les occupants ? Qui d'autre vivait dans ce château ? Je l'appris bien vite : la tante de Kuno, sœur de son père, une femme silencieuse, à l'ossature puissante, aux mains et aux poignets noueux, presque diformes, toujours vêtue — j'allais bientôt le remarquer — d'un chemisier en dentelle fermé au cou par un camée ; la grand-mère paternelle, la vieille baronne, qui vint vers moi sur une chaise dont les roues étincelaient, poussée par une gouvernante à l'air hargneux. Elle se fit arrêter à quelques pas de moi en inclinant légèrement la tête sur le côté pour m'observer, dans une attitude pour le moins curieuse qui évoquait celle des oiseaux. La paralysie avait dévasté ses traits, mais je fus charmé par l'extrême élégance de ses vêtements et par la blancheur de ses cheveux, coiffés avec soin.

Après m'avoir présenté, Kuno expliqua à sa grand-mère que je séjournerais au château jusqu'à la fin de l'été. Il parlait fort en gesticulant, comme si son interlocutrice était dure d'oreille. La vieille dame s'efforçait de sourire, mais elle s'exclama soudain : « Gustav ! » et, sans rien laisser présager (sinon par un instant de stupeur et d'agitation) de son brusque changement d'humeur, elle s'abandonna à des pleurs silencieux.

Kuno m'entraîna pas le bras et me conduisit aux étages supérieurs. Un peu plus tard, je prenais possession de ma chambre. Les volets étaient clos, une légère clarté parvenait à s'insinuer dans la pièce. Kuno s'approcha de la fenêtre et, après avoir soulevé l'espagnolette, poussa les volets, qui s'ouvrirent avec un bruit sourd. Un vol d'oiseaux abandonna la chevelure d'un peuplier et revint bien vite se poser sur ses branches. Face à ce spectacle, si parfait et si gracieux, je me sentis envahi par un doux sentiment de calme intérieur.

Kuno semblait impatient de me faire visiter le château :

— Tu auras tout le temps que tu voudras pour te reposer, dit-il. Viens, maintenant, je vais te montrer la maison. Je ne voudrais pas que tu te perdes.

Il m'emmena dans sa chambre. Aménagée en bureau, elle était plus belle que la mienne mais dans un désordre pittoresque. J'eus une pensée émue pour la malheureuse domestique chargée d'enlever la poussière sans avoir l'autorisation pour autant de déplacer le moindre objet. Des livres et des partitions encombraient les étagères ; il y avait aussi un râtelier et des fusils de chasse, ainsi que, bien en vue, des coupes en argent, des plaques et des médailles. Parmi ces trophées et ces livres anciens, je découvris un crâne d'une belle couleur havane, dont une orbite contenait un lapis-lazuli en forme de scarabée. Une allusion à l'éternité, m'expliqua Kuno en remarquant mon intérêt, et il ajouta gravement :

— C'est l'âme humaine qui traverse les ténèbres de la mort.

Puis il éclata de rire et m'avoua qu'il l'avait trouvé dans le bureau de son oncle, qui avait exercé par le passé la profession de médecin.

— Dépêchons-nous maintenant avant que la nuit tombe, conclut-il.

Je le suivis en silence à travers les nombreuses pièces du château au son de ses commentaires historiques. C'était la première fois que je le voyais évoluer loin du milieu scolaire, et j'avais déjà l'impression d'avoir affaire à une autre personne.

— Nous n'allons pas toutes les visiter, m'avertit-il en m'indiquant une porte, au sommet d'un escalier. Il y a, là-haut, certains lieux qui ne voient pas la lumière depuis au moins un siècle.

Désormais, le soleil couchant se décomposait à travers les fenêtres entrouvertes. Le parquet, composé de grands carrés de bois, crissait sous nos pas ; des lames de poussière fendaient la pénombre des pièces, aveuglant les porcelaines qui reposaient dans des vitrines ventrues, les pâles cadrans des horloges, les poêles en maïolique massifs ; sur tous les murs, cornes de cerf, têtes de sanglier, coqs de bruyère ou autres oiseaux empaillés témoignaient de la passion que la famille de Kuno éprouvait pour la chasse. Mon ami me précédait. A chaque porte ouverte, je me demandais combien de fois il avait fait ce geste ou parcouru ce trajet. Car — j'en suis convaincu — nous laissons des traces invisibles sur chaque meuble, sur chaque mur de la maison où nous sommes nés et où nous avons grandi. Pendant des années, la lumière a projeté notre portrait là où nous avions l'habitude de nous arrêter, ou de passer, et il en est donc resté quelque chose. Kuno se déplaçait avec fierté dans ces pièces, il savait glisser la bonne clef dans la bonne serrure et mesurer l'effort qui lui était nécessaire pour fermer un volet ou soulever sur ses gonds une porte récalcitrante, il connaissait même le gémissement des planchers qu'il foulait.

Après cette rapide visite du château, il me conduisit au salon de musique, où il me montra les instruments de sa famille. Il y avait là une série de violons parfaitement conservés, dont un Stainer, deux Alban et une viole de Klinger, ainsi qu'un clavecin hollandais (dont jouait encore sa mère), un violoncelle de Guadagnini et plusieurs flûtes en ivoire et buis enfermées dans un coffret. Naturellement, ces noms m'étaient étrangers, à l'exception de celui de Stainer, dont Kuno m'avait parlé la première fois qu'il avait vu mon violon. Il l'avait observé ce jour-là avec grand intérêt et m'avait expliqué que son fabricant était un luthier d'Absam, un village non loin d'Innsbruck.

— Mon père aussi jouait du violon, dit-il. Avant d'être blessé par une grenade.

Il s'approcha d'un chiffonnier, ouvrit un tiroir et en tira un archet de violon.

— Tiens, dit-il, c'est un cadeau.

Je commençai par refuser : il s'agissait en effet d'un objet de grande valeur. Mais il insista. Puis il me raccompagna à ma chambre et me donna des informations et des conseils à propos de la vie du château. Avant tout, j'étais libre de me lever à l'heure qu'il me chantait — lui-même ne descendait jamais avant midi ; et si j'avais faim, il me suffisait de me rendre à la cuisine ou d'appeler la femme de chambre. Je pouvais sortir, me promener et même jouer du violon de bonne heure. La nuit, en revanche, il valait mieux que je reste enfermé dans ma chambre et que je ne m'inquiète pas si j'entendais sa grand-mère crier.

— Pour ce soir, j'ordonnerai qu'on te monte une collation, me dit-il, mais à partir de demain il faudra que tu sois présent au dîner de sept heures : c'est le seul rendez-vous pour lequel les retards ne sont pas tolérés.

Il me laissa. Un peu plus tard, une femme de chambre frappa à ma porte, apportant sur un plateau du pain, de la viande froide et une bouteille d'eau. Je grignotai puis, après avoir défait mes valises, sortis mon violon de son étui pour essayer l'archet que Kuno m'avait offert, mais je m'interrompis aussitôt : le son semblait se propager dans tout le château. Je m'allongeai sur le lit et fixai le haut plafond qui, comparé aux étroites cellules de notre collège, paraissait un ciel ouvert. Qui sait si tout cet espace favoriserait mon sommeil ? Mais alors que j'examinais la pièce, mon regard se posa sur le mur, au-dessus de la commode, où se dessinait la trace d'un tableau qu'on avait sans doute enlevé un peu plus tôt, un vide spectral dont il ne restait que les contours bien définis ainsi que la disposition, sur la commode, de bibelots, vases et coupe à fruits, encore tendus vers ce vide en une embrassade inutile. Mais peut-être n'était-ce qu'un miroir, pensai-je, et je m'endormis ainsi en fixant ce pâle tableau avec un sentiment d'apaisement, comme si je venais de rentrer chez moi au terme d'un long voyage.

Le lendemain matin, je me réveillai animé par le même sentiment, pour le moins rassurant, d'appartenance. Je me sentais chez moi dans le château de Hofstain, à l'ombre de ses tours, et cette sensation m'habita mystérieusement pendant quelques jours. Puis elle disparut, tout aussi mystérieusement.

Habitué comme je l'étais à la discipline du collège, je me levais très tôt et, après avoir pris le petit déjeuner dans la cuisine, flânais un long moment. Je passais en revue les portraits de famille, ou m'asseyais dans la bibliothèque sur un petit divan, en face d'un grand portrait de la mère de Kuno, Margarete von Tumitz, jeune fille, que le peintre avait su reproduire dans toute sa beauté.

Personne n'était réveillé à cette heure-là, à l'exception du vieux valet, qui parcourait de son pas traînant les couloirs et les salons pour régler les horloges. Un employé des cuisines venait ensuite nourrir les chiens qui déambulaient dans le château. Je n'eus jamais le moyen d'en connaître le nombre. Il y avait un vieux Schnauzer qui dormait sur le divan de la bibliothèque, deux braques qui vagabondaient dans les bois au cours de la journée et rentraient souvent en serrant entre leurs dents une proie qu'ils avaient soustraite à quelque mauvais chasseur (il n'était pas rare en effet de trouver sur le sol des morceaux de chair sanguinolente et des plumes voletant dans les pièces), ainsi qu'une meute de bâtards de toutes les tailles, dont le chef était doté d'un aspect terrible. Ils traversaient les cuisines et les salons en se battant, en poussant d'affreux cris et en salissant tapis et canapés dans l'indifférence générale, même s'il s'élevait parfois une tiède remarque : « On devrait laisser les chiens dehors. » C'était une précaution qu'on prenait tard, le soir, quand on fermait les portes. Mais certains animaux étaient épargnés, notamment le vieux Schnauzer qui, après avoir ronflé toute la journée, errait la nuit dans le château, venant même renifler et gratter devant ma porte.

En comparaison avec la vie frénétique mais disciplinée que nous avions menée au collège, le temps semblait désormais comme inerte et tout ce qui m'entourait prisonnier d'un flacon de cristal. Les journées s'écoulaient avec une incroyable lenteur ; Kuno s'exerçait au violon dans sa chambre et moi dans la mienne, puisque nous consacrions l'un et l'autre plusieurs heures par jour à notre art. Mais lorsque le temps était clément, mon ami partait à la chasse, s'absentant une journée entière. Je sentais alors monter en moi la gêne de l'invité laissé à lui-même et, malgré les égards et la politesse des domestiques, avais tendance à m'isoler. Quand je rencontrais quelqu'un, j'ébauchais un timide salut et continuais mon chemin comme si les couloirs et les pièces du château constituaient les rues et les places d'une ville inconnue. C'était surtout le baron qui me mettait mal à l'aise. Lui aussi, au reste, préférait m'éviter à en juger par son air toujours pressé, et quand la politesse l'obligeait à m'adresser la parole, il se contentait d'échanger deux ou trois phrases avec moi. Je devinais alors dans ses yeux la crainte d'avoir amorcé une conversation qui risquait de se prolonger. Un sourire d'embarras sur les lèvres, il se perdait dans la contemplation d'une horloge, tâtait sa montre dans sa poche et semblait sincèrement désolé de ne pas avoir plus de temps à consacrer à un sujet aussi intéressant, qu'il ne manquerait pas de reprendre à la prochaine occasion.

Ayant peut-être remarqué ma gêne, la mère de Kuno, en revanche, ne m'adressait presque jamais la parole, se limitant à un simple salut, accompagné d'un sourire rassurant. Je me surprenais parfois à l'observer en cachette : avec le beau temps, elle s'asseyait sur la terrasse pour s'adonner à la lecture, ou faisait les cent pas dans les allées comme si elle attendait quelqu'un. Parfois, quand elle se croyait à l'abri des regards, son beau visage s'assombrissait au point de susciter en moi une profonde peine.

Quant à la tante de Kuno, elle soignait sa mère infirme avec l'aide de la gouvernante et ne pouvait donc se consacrer que le soir, après le dîner, à son passe-temps préféré : les jeux de cartes.

La vie du château ne se résumait pas aux cinq membres de la famille : celui-ci accueillait en effet de nombreux invités pour le dîner, ou même pour quelques jours. Le docteur Egony, médecin de famille qui soignait la vieille baronne, y était presque toujours présent et Mgr Ciliani y vivait pratiquement à demeure. Il affrontait le baron dans des parties d'échecs qui duraient tout l'après-midi et se concluaient parfois après le repas. Il n'était pas rare alors de voir ses paupières se fermer et sa tête s'incliner tandis que le baron réfléchissait à son prochain mouvement ; une fois son coup joué, celui-ci lui tapotait l'épaule et la partie reprenait.

D'autres invités complétaient ce cercle : des parents ou amis, ou les amis des amis. C'était le cas de M. Klotz, bourgmestre d'un village non loin du château, habitué du mardi et du vendredi. Il y avait toujours une douzaine de personnes à dîner, et parmi elles la grand-mère de Kuno qui, toujours élégante et bien coiffée, ne manquait jamais ce rendez-vous. Les plaisirs de la table étaient, en effet, sa seule satisfaction. Immobile, tandis que la gouvernante qui l'assistait jour et nuit lui donnait la becquée, elle parvenait à grand-peine à bouger sa main gauche — ce qui avait, au reste, des effets désastreux sur les verres en cristal et la précieuse nappe. La gouvernante se hâtait alors de tamponner le tout à l'aide de sa serviette, et la discrétion des convives était admirable : d'un commun accord, ils détournaient leur regard de la scène et poursuivaient la conversation comme si de rien n'était. Parfois même quelqu'un demandait à la grand-mère son avis sur le sujet en question. En général, la vieille dame ne semblait pas comprendre qu'on s'adressait à elle, mais il lui arrivait aussi de sortir de sa torpeur et, fixant un point devant elle, de prononcer le seul mot qu'elle était capable d'articuler avec une clarté suffisante, « Gustav, Gustav... », avant de bredouiller quelque chose d'incompréhensible.

A cette exclamation, tout le monde paraissait se raidir sur sa chaise, et en particulier la mère de Kuno, qui en était profondément troublée.

— Gustav va venir, lui disait-elle d'un air aimable pour la calmer.

Mais la vieille dame ne lui prêtait pas attention. Elle continuait de répéter ce prénom sur un ton sévère, comme si Gustav était présent et qu'il avait commis une faute impardonnable qui justifiait ses réprimandes. Puis elle s'égarait tandis qu'une larme coulait de son œil droit, qu'elle gardait grand ouvert dans son sommeil. Alors, avant qu'elle ne fonde en pleurs, la gouvernante la ramenait dans sa chambre avec une douce fermeté et la baronne s'éloignait, aussi légère qu'un fantôme. A dire la vérité, le château semblait habité par d'autres spectres : les gentilshommes et les dames qui avaient animé ces pièces au cours des siècles, et dont la vieille dame entendait peut-être les voix.

Kuno aussi était fasciné par son passé. Je m'aperçus bien vite qu'il nourrissait une véritable passion pour l'histoire de sa famille. Il me parlait sans cesse de ses aïeux, m'en montrait les portraits, me racontait leurs prouesses ou leurs méfaits. Il se croyait obligé de m'expliquer le moindre détail de l'arbre généalogique des Blau, peint à fresque sur le mur de la bibliothèque, où j'avais remarqué, entre autres, le nom de Gustav. Je me demandais s'il s'agissait de l'homme qu'invoquait continuellement la baronne. Kuno ne m'en avait jamais rien dit et je n'osais pas le questionner. Un jour, il me conduisit jusque dans les cachots du château, qui abritaient encore des cellules pourvues de fers ainsi qu'un passage secret, à présent muré, menant aux rives de l'Inn. Il me relata des histoires de guerres, de vengeances, d'assassinats et de trahisons.

Nous parcourûmes les souterrains et, gravissant un escalier raide creusé dans la roche, débouchâmes à l'air libre, près de la chapelle de la famille. La porte de bois était condamnée et l'on distinguait sur le mur, au-dessus de l'architrave, une image de saint Michel. Le saint se dressait aussi à l'entrée du cimetière, l'air sévère, l'épée de marbre pointée vers les tombes. Ceint d'un muret, ce lieu était situé à la lisière de la forêt, et donc toujours à l'ombre. De là, le château se profilait à contre-jour, les contours éclairés par un soleil que les murs masquaient. Les pierres tombales, veillant sur des tas de terre oblongs, recouverts de branches de sapin et de fleurs de champs, étaient noircies par la mousse et, à l'instar des frontispices de nombreux livres, ornées de festons de vigne sauvage. Au milieu des tombes, deux corbeaux, nullement effrayés par notre présence, sautillaient d'un air dédaigneux. Kuno m'apprit qu'il serait enterré un jour dans ce carré de terre, comme tous les membres de sa famille.

C'est alors que mon regard se posa sur une pierre tombale renversée et presque ensevelie sous l'herbe. Il n'y avait là ni fleurs ni branches de sapin, et la terre semblait avoir été enfoncée par un pied de géant. Je m'approchai assez pour déchiffrer le nom de Gustav Blau. Kuno désirait-il m'étonner par ses histoires terrifiantes ? Je l'ignore, mais il était certain qu'il m'avait emmené dans ces lieux afin que je voie cette pierre tombale.

— Seul l'oncle Gustav, dit-il en regardant dans la même direction que moi, a décidé un beau jour que cet endroit était un peu trop étroit pour lui.

A ces mots, je frissonnai. J'avais entendu, dans mon enfance, des histoires de fantômes et de morts qui jaillissaient de leurs tombes (les légendes qui mettaient en scène des revenants étaient justement nées en Hongrie) et je pensais que cette tombe avait été profanée ou, peut-être — j'osais à peine l'imaginer — forcée de l'intérieur. Je jetai un regard inquiet à la ronde. Les deux corbeaux s'envolèrent et disparurent rapidement dans le bois touffu. Kuno m'observait comme pour s'assurer de l'effet que ses mots avaient produit sur moi. Et tandis que nous retournions au château, il me raconta l'histoire de son oncle Gustav, le frère de son père, médecin et savant.

Gustav s'était mystérieusement évanoui avant la naissance de Kuno. On avait alors évoqué des menaces de mort, ou un amour impossible auquel il avait dû échapper. Quelques semaines plus tard, on repêcha dans le fleuve un cadavre méconnaissable, qu'on identifia cependant comme étant le sien. C'est ainsi que son corps, ou plutôt ce qu'on supposait être son corps, fut enterré dans ce cimetière de famille. Mais la terre n'avait pas eu le temps de se tasser que la tombe fut violée et le corps enlevé. Cet épisode eut de terribles conséquences : quelque temps plus tard, la baronne fut victime d'une attaque d'apoplexie qui l'immobilisa sur une chaise roulante.

— A mon avis, l'oncle Gustav n'est pas mort, dit Kuno.

— Qu'est-ce qui te le fait penser ?

— Le bruit court encore, parmi les domestiques, que ma grand-mère était présente lors de l'exhumation. Mais ce qu'il y a de plus déconcertant, c'est qu'un ami de la famille, un célèbre écrivain autrichien, qui vint nous rendre visite il y a un an, au retour d'un voyage en Amérique du Sud, affirma avoir rencontré Gustav à un poste d'essence près de Bogota et lui avoir parlé. En réalité, l'homme en question avait feint de ne pas le reconnaître et, après lui avoir dit qu'il faisait erreur sur la personne, était monté en toute hâte dans une Daimler (mon oncle adorait les Daimler) en ordonnant à son chauffeur de redémarrer. Mais notre ami écrivain était prêt à jurer qu'il ne s'était pas trompé. Le mystère de la mort et de la résurrection du baron Blau allait même lui inspirer un roman à succès.

Mort et résurrection ? Kuno exagérait. Mais, ajouta-t-il, l'oncle Gustav s'était toujours occupé, outre de médecine, d'alchimie. Le bourgmestre Klotz, qui avait été dans sa jeunesse son ami intime, était au courant de ces pratiques. N'avait-il pas confié lui-même, un soir où il avait un peu trop bu, qu'il avait assisté à une expérience au cours de laquelle une larme de plomb s'était changée sous ses yeux en argent pur ? Et qui, enfin, était le bienfaiteur anonyme qui avait apporté à la Blau Bank un capital considérable quand elle avait risqué la faillite du fait de financements trop hasardeux ? Les yeux de Kuno brillaient alors qu'il me racontait cette histoire.

— L'oncle Gustav est encore vivant, j'en suis certain, conclut-il, et il a amassé une énorme fortune.

Un jour, peut-être, le vieux domestique acourrait à un coup de sonnette plus énergique que d'habitude et, en modulant un de ses meilleurs « Bienvenue », ouvrirait la porte à un Gustav Blau qui apparaîtrait tel que tout le monde se le rappelait, ou même rajeuni et plus autoritaire que par le passé car, comme on le sait, la pierre philosophale a le pouvoir non seulement de transmuer les métaux, mais aussi de protéger son propriétaire de la décadence, et peut-être même de la mort.

Naturellement, la mystérieuse disparition de Gustav Blau avait nourri une légende qui s'était enrichie au cours des ans ; on n'en parlait jamais ouvertement au château, mais on y faisait souvent allusion dans les conversations. C'était au moins mon impression. Seule, la vieille baronne peut-être connaissait la vérité, et elle devait avoir beaucoup de choses à dire si elle avait vraiment assisté à l'exhumation. Hélas, elle avait étouffé depuis longtemps son secret sous son aphasie. De temps à autre pourtant, elle semblait sur le point de le révéler, mais ses élans s'épuisaient dans la prononciation d'un seul mot, d'un seul nom. Pour éviter les crises, les membres de la famille choisissaient des sujets de conversation banals et inoffensifs, pendant le dîner. Mais ils rattrapaient le temps perdu dès que la vieille dame s'éloignait, se mesurant sur de grands thèmes, affrontant des interrogations qui avaient un goût de grand large. Dès le premier soir, la discussion s'était portée sur la vie et la mort, ou en d'autres termes sur la quête d'immortalité. En général, ce sujet renvoyait dos à dos le docteur Egony, doté d'un esprit positiviste, et Mgr Ciliani, bien entendu spiritualiste. Le premier soutenait son hypothèse en vantant les succès de la médecine, il prévoyait à court terme la défaite de toutes les maladies et l'accroissement de la durée de vie humaine. Le bourgmestre Klotz intervenait souvent en s'enflammant ; ce petit homme (ses jambes se balançaient dans le vide comme celles d'un enfant) à la barbe et aux cheveux roux, à la voix stridente, semblait dissimuler un gnome venu visiter incognito le monde des humains.

M. Klotz contestait le positivisme du médecin sans partager pour autant le spiritualisme du prélat, il croyait en la spagirie, qui constituait à ses yeux la seule médecine universelle, et se faisait l'apôtre de la théorie de l'éternelle renaissance. Mais si les deux hommes étaient fascinés par l'idée de l'immortalité, Mgr Ciliani la considérait comme une terrible menace : son visage s'assombrissait, son menton, comprimé par le col blanc, paraissait s'enfler proportionnellement à sa contrariété et sa voix tonnait comme s'il était en chaire. Le premier soir, en effet, je l'avais entendu mentionner un passage de la Genèse :

— Voilà, l'homme est devenu l'un de nous, car il connaît le bien et le mal. Il faut éviter maintenant qu'il tende la main et la referme aussi sur l'arbre de la vie, qu'il mange ses fruits et vive à jamais.

Dieu avait opposé un obstacle à l'humanité, soutenait le prélat, et l'homme, en choisissant l'arbre de la connaissance, avait renoncé à l'arbre de la vie. Seule la mort, à savoir l'oubli, pouvait étouffer toute révolte : l'homme n'avait-il pas tenté à plusieurs reprises de conquérir le ciel avec l'aide des anges rebelles, bien décidés à se venger de leur expulsion ? Si Dieu n'avait pas eu le pouvoir de plonger l'homme dans le sommeil de la mort, il serait demeuré face à lui sans défense.

Le baron intervenait rarement dans les discussions, mais il avait la faculté d'y mettre un terme en quittant la table. Sa jambe raide lui rendait cette opération difficile : il devait se lever brusquement en faisant grincer sa chaise sur le sol. Alors les diatribes prenaient fin et tout le monde passait dans le salon adjacent pour disputer une partie de cartes.

Tout le monde, à l'exception de Kuno et de moi-même puisque nous nous isolions dans le salon de musique pour jouer des duos pour violon dont les partitions inédites étaient conservées, ou plutôt entassées, dans une armoire. Il s'agissait surtout de morceaux sans valeur, composés par des amateurs pour égayer des soirées entre nobles, mais ils plaisaient à Kuno et j'exauçais ses désirs. Nous fouillions parmi des liasses de papiers poussiéreux, rongés par les rats, parfois illisibles, si abîmés qu'il suffisait de les toucher pour qu'ils tombent en miettes. Nous nous amusions à interpréter ces morceaux de la pointe de l'archet en essayant d'en tirer matière à un petit concert que nous prévoyions de donner en l'honneur des invités.

A la fin de ces séances, nous reprenions parfois les propos que nous avions entendus à table, en privilégiant le thème de l'immortalité qui inspirait à Kuno des idées très précises et des conclusions péremptoires. Son raisonnement me semblait parfois étrange et incompréhensible, empreint d'une exaltation cruelle pour le moins effrayante. Ainsi, il affirmait, en vertu d'un axiome hermétique, que tout ce qui avait été divisé se réunirait. Seul le passé nous rachèterait du péage de la mort, et seule notre histoire nous permettrait d'accéder à la condition que l'humanité convoitait depuis la nuit des temps. Justement, nous vivions un moment historique car le passé, pareil à une entité pensante, se réveillait et rappelait les élus. Ceux-ci devaient donc se laisser guider sans crainte, abandonner les distinctions entre le bien et le mal, et s'en remettre à la pure action, avancer le long d'un chemin déjà tracé. Il fallait retourner aux origines, aux racines de l'arbre de la vie, aux dieux primitifs, les sortir du sommeil que notre mortalité avait entraîné. C'est ainsi qu'ils nous transmettraient leur pouvoir.

Kuno se comportait parfois comme s'il connaissait un secret, ou comme si quelqu'un allait le lui révéler — pourquoi pas Gustav Blau ? Ce que nos aïeux avaient péniblement conquis, continuait-il, se transmettait par la voie légitime de la succession ou du sang.

Ses mots me déconcertaient. La cruauté et la désobéissance aux lois naturelles et divines ne s'étendaient-elles pas déjà à des masses délirantes, à des populations entières ? Et les gens, alléchés par les promesses que lui faisait la nation voisine, n'étaient-ils pas désormais prêts à tout ? Je pensais qu'on assistait au déclin de l'esprit et je me souvenais de l'image qui trônait sur la chapelle de la famille Blau : l'archange Michel terrassant le dragon. L'humanité avait-elle déjà adopté l'aspect d'une hydre famélique, aux yeux de Dieu ?

Je laissais libre cours à mon imagination. Je découvrais un monde dont je n'avais jamais soupçonné l'existence. Pour la première fois, ma vie m'apparaissait dans toute sa vanité et me remplissait d'angoisse. Envahi par un sentiment brûlant et douloureux, j'enviais à Kuno ses nobles aïeux et ce château, où un lambeau d'histoire était resté accroché, et je jalousais surtout le soutien que lui apportait un passé toujours ravivé par l'usage quotidien de la mémoire. Les habitants de cette demeure semblaient pratiquer un rite collectif qui plaçait les défunts dans un royaume d'où ils pouvaient renaître et leur épargnait la douloureuse expérience de la mort.

Je me sentais perdu. Je commençais à croire que l'amitié qui me liait à Kuno n'avait eu d'autre raison d'être que les murs du Collegium Musicum. En ces lieux, nous avions lutté ensemble pendant des années contre des professeurs ennemis qui nous avaient obligés à servir l'idole de la technique, et nous avions tenté d'effacer le poids et la révolte de l'archet. En ces murs, nous étions égaux. Mais Kuno avait changé : il prenait déjà des distances à mon égard et, chaque fois que nous jouions, s'arrogeait le droit de choisir le morceau qui lui plaisait le plus. Il voulait prévaloir contre moi en toute occasion et me toisait avec suffisance, en particulier en présence d'étrangers. Ainsi, il oubliait parfois de faire les présentations de règle, comme s'il s'amusait à souligner mes humbles origines, ou à m'écarter, niant jusqu'à mon existence.

J'avais peut-être eu tort de lui exposer mes grands projets, de lui dire — c'était un mensonge — que j'allais suivre le séminaire de musique de Sophie Hirschbaum et entrer par là même dans son petit cercle. J'avais tellement attendu la réponse de Sophie que j'étais convaincu de l'avoir vraiment reçue et j'en parlais comme si la chose était entendue. Mais lorsque nous imaginions ensemble notre avenir, Kuno semblait tout se réserver, ne me laissant que les miettes. A l'entendre, l'avenir aurait amené de grands bouleversements. Nous n'avions plus le temps désormais de gratter nos violons comme des cigales, disait-il, et de considérer la musique comme notre seule raison de vivre : d'autres devoirs nous attendaient. Il ne le pensait pas vraiment — je le devinais —, il souhaitait seulement me provoquer, me blesser. Pour lui, noble de naissance, la musique ne pouvait constituer un métier. Mais il en allait tout autrement pour moi. Un jour que nous étions à table, je l'entendis dire :

— La musique représente tout pour beaucoup de gens. Au fond, jouer du violoncelle ou du violon est une façon honnête de gagner sa vie.

Un soir, il prononça une phrase encore plus vénéneuse :

— Nous vivons des temps difficiles. Où nous mènera cette virtuosité ? A des exhibitions dans des établissements thermaux ? (Il se tourna vers moi.) Et toi, qu'en dis-tu, Jenö ? Ainsi tu aurais au moins la chance de boire de l'eau de bonne qualité !

Je souriais en serrant les dents, mais j'étais tenté de quitter la pièce.

Plus tard, quand nous nous retrouvions en tête à tête, Kuno tentait de rétablir la situation en disant qu'il avait voulu plaisanter, qu'il aimait me provoquer. J'avais alors des remords en pensant aux soupçons que j'avais nourris à son égard et je me demandais parfois si ma jalousie n'en était pas responsable. Mais je me rendais compte que de nombreux aspects de mon ami m'échappaient, brouillant le reste de son image. Il ne tenait jamais en place, changeait constamment d'humeur, se montrant aimable, et distant un instant plus tard, comme certains ivrognes qui après vous avoir juré une affection éternelle vous oublient une fois la cuite passée. Cela me tourmentait, m'insupportait même. Je m'interrogeais sur notre amitié : était-elle authentique ? Mais que signifiait ce mot ? Pour le savoir, il est nécessaire d'appréhender la véritable nature du moi, qui tend toujours à franchir ses propres frontières pour se refléter dans les autres. Les rapports qui me liaient à Kuno étaient toutefois différents. Je désirais me reconnaître en lui, ce qui m'obligeait à établir d'incessantes comparaisons entre nous. Notre amitié avait quelque chose de fuyant et d'incompréhensible. Au moment où je croyais posséder toutes les facettes de son caractère au point de me sentir admis aux pâles rituels de sa cour, voilà que je butais devant une ultime porte, inaccessible, à laquelle je devais me contenter de coller l'oreille. J'avais nettement l'impression qu'il voulait se servir de moi ; pourtant j'acceptais son jeu et, sourd à tout appel de la raison, le subissais de plus en plus. Ce qui avait trouvé son accomplissement suprême dans le foudroiement initial avait, à mon insu, entamé depuis longtemps son recul, son compte à rebours ou, si l'on préfère utiliser un terme musical, son canon inversé.

Je me souviens d'un épisode terrifiant, qu'il qualifia simplement d'« accident de chasse » et dont je finis par me sentir complice parce qu'il m'avait fait jurer de ne rien raconter à personne. En réalité, son geste, véritablement atroce, fut la réponse au refus que j'avais opposé à une requête absurde de sa part. Son acte scélérat, accompli en ma présence, ne fut qu'un avertissement : on ne pouvait dire non à Kuno Blau en toute impunité.

Mais procédons par ordre. Un soir que nous nous étions isolés comme de coutume dans le salon de musique, Kuno commença à sortir ses violons des vitrines et voulut que je les essaie. A un moment donné, les lèvres pincées en un sourire forcé, il me demanda de lui céder le mien. Il me fournirait en échange un instrument de même valeur, me dit-il, ou me le rachèterait. Je ne pus m'empêcher alors de manifester mon trouble. Ce violon possédait à mes yeux une valeur inestimable. Le donner, c'eût été troquer, vendre, ma tête ou mon cœur ! Naturellement, je refusai.

Devinant ma confusion, Kuno tenta de tourner sa proposition en plaisanterie :

— Tu ne croyais tout de même pas que je parlais sérieusement ?

Mais il était pâle, trop pâle pour être sincère : mon refus constituait pour lui un échec intolérable.

Pourtant, j'acceptai de croire qu'il s'agissait d'une plaisanterie, bien que de mauvais goût. Quelques jours plus tard, Kuno me persuada de le suivre à la chasse. Je lui expliquai que je n'avais jamais tenu un fusil dans mes mains, mais il m'assura que tirer était la chose la plus simple du monde. Il s'exclama en riant que je ferais bien de me familiariser avec les armes à feu afin d'être prêt à affronter une éventuelle guerre. Pour le contenter, j'acceptai à contrecœur de me charger d'une arme que je ne comptais pas utiliser.

Nous partîmes de bonne heure et effectuâmes une longue marche en compagnie des deux braques, un mâle et une femelle qui disparaissaient de temps en temps dans les broussailles pour resurgir ensuite des endroits les plus invraisemblables. Ils étaient censés lever du gibier et le pousser dans notre direction. Ils allaient et venaient, nous regardant d'un air désolé et nous reprochant presque notre inaptitude par quelques aboiements brefs. Ils débusquaient parfois des oiseaux qui s'envolaient en se libérant des ramilles, la plupart du temps trop loin de nous. En vérité, la chasse ne nous intéressait pas. Nous ne nous soucions même pas de chuchoter et effrayions le gibier par le bruit de notre conversation. Son sujet — l'immortalité — était plus important qu'une gibecière pleine. Kuno me précédait le long du sentier étroit en m'exposant ses arguments lucides. Le dos tourné, il me paraissait vulnérable et véritablement à ma merci puisque j'étais libre de l'observer à son insu et, pourquoi pas, de le frapper. Cette fragilité avait quelque chose de désarmant qui s'étendait aussi à ses paroles, à ses théories et à ses convictions. Le mot immortalité semblait une contradiction criante dans la bouche d'un vieillard ou du bourgmestre Klotz, bref d'un homme sur le déclin. Mais sur les lèvres d'un jeune homme, à peine sorti de l'adolescence, arrivé à l'âge où l'on commence à appréhender le concept de la mort et celui de la perfection de la vie, ce mot prenait une autre signification et traduisait une volonté invincible. Pourtant ses arguments n'emportaient pas mon adhésion. Seule la musique, à mes yeux, évoquait l'immortalité car elle représentait l'une des voies menant à la connaissance, une voie mystérieuse pour la plupart des hommes, mais que je parcourais avec Kuno depuis longtemps. La musique précédait la création du monde, elle ne pouvait donc pas s'éteindre ! C'était toutefois le plus éphémère des arts, puisqu'il s'évanouissait note après note. Consacrer sa vie à la perfection de la musique était pour moi la seule route possible vers l'immortalité.

Le sentier sur lequel nous marchions était étroit et dangereux, il longeait ici et là des crevasses et des escarpements, d'où montait parfois le bruit d'un torrent. Soudain, Kuno s'arrêta et me fit signe de me taire. C'est alors que deux perdrix s'élevèrent d'un buisson.

— Tire ! cria-t-il.

J'essayai de viser, mais sans me décider pour autant à appuyer sur la détente. Les deux oiseaux étaient prisonniers des branchages, à la portée des chiens, derrière, et de nos fusils, devant. J'hésitais encore. Kuno tira, manqua sa cible au premier coup ; au second, son fusil s'enraya.

— Tire ! répéta-t-il alors avec colère.

Je pressai la détente de toutes mes forces et sentis une terrible douleur à la clavicule. Kuno exultait :

— Tu l'as eu, tu l'as eu !

Sans le vouloir, comme cela arrive souvent aux débutants, j'avais visé dans le mille. Le destin m'avait favorisé malgré moi dans une entreprise qui me répugnait. Je vis quelque chose tomber à terre et des plumes voleter entre les branches. Les deux braques se précipitèrent dans cette direction, disparaissant dans le sous-bois. Au bout d'un moment, le mâle jaillit des fougères, la proie entre les dents. Kuno lui ordonna à plusieurs reprises de la lui apporter, mais le chien refusait de bouger et la femelle, excitée, tournait autour de lui en tentant de lui soustraire son butin. D'un geste péremptoire de l'index vers le sol, Kuno lui intima encore une fois l'ordre de lâcher la prise, mais le braque se mit à gronder en reculant à l'approche de son maître. C'est alors que je fus pris d'une terrible angoisse. J'avais l'impression que la forêt se repliait sur moi comme pour m'étouffer. Je remarquai que Kuno rechargeait son fusil en pestant d'une voix qui n'était plus la sienne ; j'aurais voulu m'enfuir, m'éloigner de quelques pas. Jamais, au cours de ma vie, et même pas sur le front, pendant la guerre, je n'entendrais une détonation plus terrible et un gémissement puis déchirant que ce bref glapissement.

Nous n'échangeâmes pas un seul mot sur le chemin du retour. Ce n'est qu'en vue du château que Kuno me fit jurer de ne rien dire. Cet épisode fut rapidement oublié, ou plutôt j'éprouvai le besoin de l'effacer de mon esprit. Dès lors, je commençai à douter de mes sens et finis par me convaincre qu'il s'était agi d'un mauvais rêve.

Nous sommes prêts à tout pour entretenir une amitié. Parfois, nous surprenons notre ami en train de commettre un acte peu glorieux, mais notre jugement se brouille, notre indulgence nous bande les yeux et l'amitié en sort intacte, ou mieux encore grandie, comme si les défauts l'alimentaient mieux que les qualités de notre ami. Qu'est-ce que l'amitié, au fond, sinon une absolution réciproque et tacite, prolongée dans le temps ? Celle qui me liait à Kuno était arrivée à un point critique et s'était transformée en complicité. Après cette chasse, en effet, un autre « incident » allait m'impliquer directement.

Il se produisit un soir que nous jouions du violon. Le baron et Mgr Ciliani, interrompant peut-être leur partie, empruntaient le long couloir. Nous entendant, ils entrèrent dans le salon et s'assirent au fond de la pièce. Kuno et moi exécutions nos morceaux inédits en restituant par des arpèges et des fioritures l'esprit galant de l'époque où ils avaient été composés. Soudain, je sentis un regard posé sur moi. Le baron m'observait fixement, comme si quelque chose l'avait frappé ; il se leva brusquement et demeura un moment appuyé à sa canne. A la fin de notre récital, il s'approcha et m'interrogea avec curiosité tandis que je reposais mon violon et l'archet que m'avait offert Kuno :

— Mais d'où vient cet objet ?

— Kuno me l'a donné, répondis-je non sans surprise.

J'avais été bien inspiré de dire « donné » et non pas « offert », car mon ami se hâta de me corriger en évitant mon regard :

— Donné, c'est-à-dire prêté. Seulement prêté.

J'étais anéanti par la honte. Je me souvenais parfaitement des mots de Kuno : « C'est un cadeau. » Notant mon hésitation, il avait même insisté pour que je le garde en souvenir de lui au cas où nous nous perdrions de vue. Et quand, encore perplexe, je lui avais demandé comment réagiraient ses parents, il avait répliqué qu'il disposait librement de ce qui lui appartenait, sans avoir de comptes à rendre à personne.

Le baron sembla se remettre de sa surprise :

— Prends-en grand soin, me recommanda-t-il avant de s'éloigner en boitant d'une façon prononcée comme s'il voulait s'éloigner de moi au plus vite.

Je gardai le silence. Bien entendu, je reposai l'archet à sa place le soir même. Kuno s'était moqué de moi, pensais-je, mais pourquoi ? Il vint me trouver dans ma chambre le lendemain et me présenta ses excuses : il m'avait bien offert l'archet, mais avait tout simplement oublié de le dire à son père, je pouvais le reprendre maintenant. Naturellement, je refusai malgré son insistance. Le visage de Kuno s'assombrit, je devinai qu'il avait du mal à contenir sa colère : il serrait les poings et son corps était parcouru d'un tremblement.

— Eh bien, tu l'auras voulu, dit-il.

Il saisit l'archet comme s'il s'agissait d'un fouet et leva le bras. Un instant, je crus qu'il allait me frapper au visage. Mais il abattit violemment l'objet sur le rebord de la fenêtre et le brisa en deux.

— Tu aurais mieux fait d'accepter ma proposition, conclut-il.

Puis se retournant brusquement, il sortit de la pièce.

Au point où nous en étions, mon bon sens aurait dû me pousser à quitter le château. Désormais, il ne restait plus rien de notre amitié. Pourtant, quelque chose me retenait encore à Hofstain. Je m'enfermais dans ma chambre pour jouer du violon, m'arrêtant de temps à autre dans l'espoir d'entendre celui de mon ami et de constater ainsi que la musique continuait de nous unir. Jamais encore le sens de ma vie ne m'avait paru si insaisissable ; même le souvenir de Sophie s'effaçait progressivement de ma mémoire. J'étais déprimé, privé de volonté. Je passais des après-midi entiers assis devant la fenêtre à regarder la lumière décliner lentement sur les murs. Un mois s'était écoulé depuis mon arrivée et la saison parvenait à son terme. L'obscurité tombait des montagnes de plus en plus vite ; des orages éclataient brusquement et la pluie fouettait alors les murs et les vitres avec une violence inouïe. Les chiens hurlaient de terreur. L'eau glissait sur les toits recouverts de lames de plomb, s'engouffrait bruyamment dans un réseau compliqué de gouttières et se précipitait en petites cascades qui inondaient la terre.

Comme d'habitude, deux candélabres scintillaient sur la table, ce soir-là ; malgré la saison, on avait allumé un feu dans la cheminée. La vieille baronne était déjà allée se coucher. C'était un vendredi. Le bourgmestre Klotz, le médecin et Mgr Ciliani discutaient une fois de plus de l'immortalité. Leur conversation était interminable ; pis encore, elle recommençait sans cesse.

— L'immortalité est un grand mot, disait M. Klotz.

— Tout a un début, admettait le docteur Egony. Quand la science aura vaincu toutes les maladies, la vie durera deux, trois, quatre cents ans. Ce sera le début de l'immortalité.

— Mais prolonger la vie du corps ne signifie pas qu'on prolongera la vie de l'âme.

— Que voulez-vous dire par là ?

Egony s'énervait dès qu'il entendait parler de l'âme.

— Admettons que la médecine réussisse à prolonger la vie humaine de deux, trois ou quatre cents ans. Il nous faut dans ce cas nous poser une question : l'âme...

— L'âme, l'âme... l'interrompit Egony.

— La psyché si vous préférez, ce qui constitue la conscience de soi... l'esprit, voilà, disons l'esprit. La question est donc la suivante : comment l'esprit pourra-t-il s'adapter à ces années supplémentaires ? Quelle sera la valeur « mentale » d'un siècle pour un homme capable d'en vivre deux, trois ou quatre ? Ne risquons-nous pas d'offrir au corps de l'homme trois ou quatre cents ans alors que son esprit ne trouvera pas les moyens de vivre une minute de plus ?

— Je ne vous suis pas.

— Pour un esprit comme le nôtre, pour une psyché conçue pour une vie de soixante-dix ans environ, l'avenir commencera toujours demain, dans un mois, dans un, cinq ou six ans. Notre esprit n'est pas en mesure d'imaginer un avenir plus lointain. Et un passé évalué en termes de siècles et non d'années, privé de l'expérience de la croissance et du vieillissement, ne serait que pure répétition : peu importerait qu'il se situe hier ou un siècle plus tôt. Le passé et le futur, qui sont les deux limites de la conscience, se rapprocheraient, effaçant toute perspective temporelle. En d'autres mots, qu'est-ce que représenteraient deux, trois ou quatre cents ans sans la conscience de les avoir vécus ? L'immortalité, la véritable immortalité, à mes yeux, ne saurait être la perpétuation du corps, mais bien la dilatation de la conscience, et donc un *continuum* qui partirait des origines de l'humanité et embrasserait le futur. Comme une boucle qui se ferme, un passé qui se soude avec le présent et l'avenir. Ce serait l'unité absolue. Alors, oui, un instant de notre vie se transformerait en l'hypothèse d'éternité la plus osée qui soit.

— Le prolongement indéfini de la vie du corps, intervint alors Mgr Ciliani, aurait une terrible conséquence : l'homme devrait supporter indéfiniment le poids de ses péchés.

— Mais il aurait aussi le temps de s'en repentir, rétorqua le docteur Egony.

Ciliani fit un geste vague de la main.

— Une vie entière est parfois nécessaire pour expier un péché, dit-il. Mais une vie infinie serait trop vaste. Non, certaines choses ne s'effacent qu'avec la mort, avec le don de l'oubli divin, le don suprême au moyen duquel Dieu miséricordieux nous pardonne nos fautes.

Il soupira profondément avant de poursuivre :

— L'immortalité d'un individu serait également l'immortalité de ses insuffisances, de ses faiblesses. Un idiot resterait à jamais un idiot. Un homme privé d'oreille musicale (Mgr Ciliani adressa à Kuno et à moi-même un regard significatif) ne pourrait jamais l'acquérir, dût-il vivre un million d'années. Seules grandiraient en lui, et jusqu'à la démesure, la méchanceté, la cruauté, l'insensibilité, des défauts qui, comme la soif de pouvoir, ne connaissent aucune limite. La haine se nourrit d'elle-même. Ainsi, un être ignoble se rendrait coupable au fil du temps de centaines d'actes atroces.

Le prélat se tut alors, adoptant un air grave. Il jeta un coup d'œil à la ronde et, tout en toussant, posa ses couverts dans son assiette.

Il était déjà neuf heures, comme nous le rappelaient les coups d'une horloge. Ce soir-là, le baron ne se leva pas de table pour passer dans la salle de jeu, ainsi qu'il en avait l'habitude. Alors qu'il se contentait en général d'écouter la conversation et de la ponctuer de hochements de tête, il prit résolument la parole. Il fallait considérer l'immortalité comme une continuité, dit-il, comme la mémoire de la lignée. Et il mentionna l'exemple des vieux morceaux de musique que Kuno et moi tirions de l'oubli. Il y avait eu plusieurs grands musiciens dans la famille Blau, expliqua-t-il, et quelque chose en avait certainement survécu, se transmettant de génération en génération et culminant dans l'exceptionnel talent de son fils. Ces mots m'humiliaient, je sentais ma rage monter. La minceur de mon passé m'apparaissait comme une porte close dans mon dos ; j'avais l'impression d'être un mendiant obligé d'assister à l'étalage d'une immense richesse. Les bûches crépitaient dans la cheminée, l'air glacial du couloir s'insinuait dans la pièce, faisant vaciller la lumière que diffusaient les candélabres. Une fois encore, la répugnante blessure se rouvrait, révélant mon passé, l'absence, le vide, le néant. A entendre le baron, tout se léguait, rien n'était donné, et le passé représentait un immense trésor dont on grappillait un fragment en transitant dans la vie — une pierre précieuse, une pièce de monnaie, une bague — à moins qu'on la perdît en cours de route. Mais si ce que nous possédions n'était qu'un héritage, si tout provenait d'un puits inépuisable, alors la décadence était le seul destin qui attendait l'humanité ! S'il était possible de remonter dans le temps, de retourner à nos origines en sautant sur les têtes de nos ancêtres comme sur les rochers d'un torrent, on trouverait nécessairement des êtres parfaits au bout du chemin. La terre était-elle donc, au début des temps, peuplée de riches dieux condamnés à dissiper leurs biens tout au long de leur descendance ? Si la forme du nez ou la couleur des yeux réapparaissaient au fil du temps avec de nombreuses variantes, d'où venait le talent ? Et le génie, la fantaisie, la puissance créatrice ? Non, l'idée selon laquelle tout nous était livré par un lointain aïeul, comme un pur héritage de la chair, sans qu'aucun don de l'esprit ne soit placé sur notre chemin, était inacceptable ! Je me rebellais contre les idées du baron tout en me demandant si ma révolte était légitime. S'il m'était donné, un jour, de retracer mon passé, me disais-je, jetterais-je un regard reconnaissant à mes aïeux comme Kuno et son père, pour me créer l'illusion d'avoir vaincu la mort grâce à un héritage éternel ? Car ne voulait-on pas simplement, en se persuadant qu'on avait déjà vécu une autre existence et que rien ne se perdait au fil de la même lignée, combattre la peur de la mort ? Cette façon de rejeter les dons du ciel au profit des dons du sang amenait à une conclusion : les bâtards, les enfants trouvés, les orphelins auxquels personne ne révélerait jamais leur passé, n'étaient que des parias, des morts vivants.

Sans m'en apercevoir, je prononçais toutes ces pensées à voix haute. Depuis quand ? Alors que je n'avais presque jamais ouvert la bouche au cours des ces derniers jours, je me surprenais maintenant à m'exprimer avec une emphase et une assurance qui me faisaient frissonner. J'entendais ma voix s'enfler. Non, disais-je, le talent ne pouvait être seulement la somme de médiocrités dispersées ici et là dans le passé, le talent n'était pas un héritage du sang, mais un don de l'esprit ! Et, en m'échauffant de plus en plus, je concluais :

— Un musicien a beau tirer de ses ancêtres la prédisposition, ou le goût de la musique, il n'arrivera à rien s'il ne reçoit pas ce don.

J'avais exagéré, je m'en rendis compte aussitôt. Surpris par mon attaque, le père de Kuno tapota ses lèvres avec sa serviette de lin et marmonna d'un air embarrassé :

— Opinions... opinions... bien sûr que...

Mais il fut incapable de finir sa phrase, ce qui laissa tout le monde dans une attente pénible.

Le dîner se serait peut-être conclu sur ce silence si un invité, que je ne connaissais pas, n'était intervenu.

— Vous pensez donc que vous avez reçu ce talent. Mais, de grâce, comment en êtes-vous si sûr ?

L'homme qui avait parlé d'une voix insinuante séjournait au château depuis plusieurs jours et prenait la parole pour la première fois. Il était assis assez loin de moi, du même côté, de sorte que j'aurais dû me pencher pour l'apercevoir, ainsi qu'il le faisait. Malgré son crâne rasé et luisant, il avait l'aspect d'un fonctionnaire de ministère, avec sa petite moustache et son costume sombre. Il aurait mieux valu que je l'observe et ancre son visage dans ma mémoire afin de l'éviter à l'avenir.

— Donc ?

Je ne sus que répondre. J'étais paralysé par le regard de cet homme qui m'attaquait froidement derrière les verres épais de ses lunettes.

— Allons, dit la mère de Kuno, notre jeune ami ne manque pas de talent, et il l'a prouvé. (Puis se tournant vers son fils.) Ils l'ont prouvé tous les deux.

Avec soulagement, je vis l'homme au crâne rasé abandonner son rôle d'enquêteur. C'est alors que Kuno se leva brusquement et quitta la salle à manger.

Il ne m'adressa pas la parole de la soirée, ni du lendemain. Quelques jours plus tard, il me lança d'un ton que la rage n'avait pas encore abandonné :

— Comment as-tu pu manquer ainsi de respect à mon père ? Comment as-tu pu te comporter de la sorte avec ton hôte ?

— J'ai simplement exprimé mon opinion.

— Ah, vraiment ? C'est donc ça, ton opinion ? ainsi, le talent serait un don que seuls quelques élus, comme toi, ont reçu, et dont les autres seraient privés ?

— J'ai dit que le talent est un don, et pas un héritage. C'est tout.

— Ah, c'est vrai, enchaîna-t-il avec un sourire de mépris, et de qui en aurais-tu hérité ? de ton charcutier de père, sans doute ?

— Ce n'est pas mon père, mais mon beau-père ! criai-je. Mon père était... était...

J'étais incapable de continuer ma phrase : ma voix m'échappait et mon esprit me semblait aussi désert qu'une vaste clairière battue par le vent. Ainsi ce que je crus entrevoir l'espace d'un instant s'évanouit aussitôt.

Quelques jours plus tard, je décidai de présenter mes excuses au père de Kuno et allai le trouver dans son bureau. Il accepta de me pardonner sans manifester le moindre regret et — mais c'était peut-être une impression — montra à mon égard un intérêt qui me surprit. Il voulut tout savoir de moi, de ma famille, de ma passion pour le violon, et je lui racontai donc ma vie par le menu. Il parut sincèrement désolé quand je lui parlai de la mort récente de ma mère et me recommanda, au moment où je pris congé, de ne pas trop me reposer sur le don que j'avais reçu. Il semblait m'avoir pardonné, mais cette allusion à ma malheureuse déclaration me fit rougir. Je demandai également pardon à Kuno. Mon entretien avec le baron, sa disponibilité et sa générosité m'avaient amené à considérer avec honte mon impolitesse. La situation se rétablit donc pendant un certain temps. Au moins en apparence.

Quelques jours plus tard, se présenta au château un ami de la famille, le pianiste Hans Benda, un homme imposant à la barbe et aux cheveux gris, à l'air bourru. Hans Benda était, en outre, un excellent compositeur. Au cours du déjeuner, il nous apprit qu'ayant eu vent de la présence de deux « jeunes virtuoses » au château, il avait apporté l'une de ses compositions, la *Sonate en mi mineur* pour piano et deux violons concertants, et qu'il aurait le plaisir de l'exécuter à nos côtés. Quand on propose à des musiciens une nouvelle partition, il faut s'attendre à les voir réagir comme des enfants face à un cadeau : ils veulent l'ouvrir sans tarder pour en découvrir les secrets. De fait, Kuno et moi insistâmes pour entamer les répétitions de la sonate l'après-midi même. Une fois le repas terminé, nous nous rendîmes dans le salon de musique. Benda essaya le Neumayer à queue, tandis que nous déchiffrions la partition. C'était un très beau morceau dont il était particulièrement fier. Il nous dirigeait en nous distribuant de précieux conseils, avec la fougue d'un chef d'orchestre.

— *Piano, pianissimo...*, susurrait-il tandis que sa silhouette imposante semblait rapetisser.

Ou encore :

— Avec passion, voilà, et maintenant *con brio.*

Dans les passages les plus intenses, il levait une de ses mains en ouvrant la paume vers le ciel comme s'il soutenait par les reins le corps d'une danseuse ; et quand nous jouions trop fort pour sa conception du *pianissimo*, il la baissait de plus en plus, comme pour caresser un chien invisible. C'était un morceau difficile, d'autant plus que nous ne pouvions nous permettre aucune licence dans notre interprétation du fait de la présence du compositeur et de son caractère relativement coléreux. Comme d'habitude, Kuno s'était réservé le rôle du premier violon, qui était certes plus intéressant mais comportait des passages plus ardus. Bien vite, il se trouva en difficulté dans l'*adagio un poco mosso*, qui constituait sans doute le mouvement le plus réussi de la sonate. Chaque fois que nous le reprenions, on aurait dit qu'on arrachait le cœur de Hans Benda. Malgré ses nombreuses tentatives, Kuno finissait toujours par buter au même endroit, aussi le pianiste perdit-il patience et déclara-t-il qu'une pause s'imposait. Ne voulant pas s'avouer vaincu, Kuno insista pour que nous continuions. Son visage était cramoisi, et bientôt son dépit se transforma en rage : il avait échoué encore une fois.

C'est alors que j'accomplis un acte dont j'aurais dû m'abstenir et que je regrette aujourd'hui encore. J'ignore si ce fut par amitié, ce qu'il restait encore de notre amitié, et donc par désir d'aider Kuno, ou plutôt par agacement, volonté de revanche d'un orgueil trop longtemps réprimé. Quoi qu'il en soit, au moment ou il s'apprêtait à tenter une ultime interprétation de ce difficile passage, je crus bon de lui suggérer la façon dont il fallait le jouer, l'exécutant avec une facilité diabolique, sans même poser le regard sur la partition.

— Bien ! s'écria Benda, ravi de constater que

justice était rendue à sa musique. C'est très bien. Il vaudrait mieux que vous échangiez vos rôles.

Kuno avait brusquement pâli. Son violon et son archet pendaient à ses côtés comme des ailes brisées. Il fixait la partition d'un air incrédule, comme s'il avait affaire à un traître.

— Nous recommencerons plus tard, sans doute, dit-il avec un filet de voix.

Et, se retournant pour quitter la pièce, il s'écroula brusquement, secoué par d'irrépressibles tremblements. Benda et moi volâmes à son secours mais Kuno, allongé sur le sol, continuait de ruer, le visage déformé, les yeux révulsés, alors qu'un filet de bave s'échappait de sa bouche contractée. Nous appelâmes à l'aide le docteur Egony, qui parvint à lui desserrer les mâchoires et à lui soulever la langue pour éviter qu'il ne s'étouffe. Ce n'était pas la première fois que j'assistais à ce genre de crises : un garçon de mon village en était souvent victime.

Me voyant bouleversé, la mère de Kuno m'entraîna par les épaules et me fit sortir.

— Ce n'est rien, dit-elle, ce n'est rien : il est resté trop longtemps au soleil, voilà tout.

Kuno fut conduit dans sa chambre où on le coucha. Le lendemain, d'autres médecins se pressèrent à son chevet et s'entretinrent avec le baron et la baronne, qui hochaient la tête d'un air grave. Je restai à l'écart. J'aurais souhaité voir Kuno, mais on me l'interdisait. Me sentant coupable de cet accident, je me demandais quel serait désormais le comportement de mon ami à mon égard. Le soir, je ne descendis pas dîner. Au reste, personne ne semblait se soucier de ma présence. Vue d'une certaine distance, cette table, entourée de visages sur lesquels la lumière changeante des bougies dessinait des expressions grotesques, me parut irréelle.

Cette nuit-là, je me réveillai en sursaut. J'avais rêvé que je me dirigeais vers la pièce que m'avait montrée Kuno à mon arrivée en disant qu'elle « ne voyait pas la lumière depuis au moins un siècle ». A ma grande surprise, j'avais franchi la porte fermée et je rasais le mur en volant avec une légèreté magique au-dessus des meubles et des objets qui encombraient le sol. Au fond, se détachait le portrait d'un gentilhomme (sans doute du XVIIIe siècle, à en juger par ses vêtements) dans un fauteuil doré, tenant à la main un objet que je ne parvenais pas à discerner. Incapable de m'arrêter à temps, je plongeais dans cette surface peinte, qui se déchirait comme une toile d'araignée. Je me retrouvais alors sur un long sentier, en pleine campagne. J'allais rejoindre mon père qui, contrairement à ce que j'avais toujours imaginé, n'était pas monté sur un cheval bai ni vêtu d'un uniforme ; privé de sabre également, il était assis au bord de la route, le dos tourné, au milieu d'un groupe d'amis dont les voix se confondaient au point de devenir incompréhensibles. En m'approchant, je découvrais sans m'en étonner qu'il avait les traits du baron Blau. Sur ses genoux, ainsi que je pouvais le voir en regardant au-dessus de son épaule, se trouvait mon violon.

C'est alors que je me réveillai, le cœur battant.

Le tic-tac de la pendule de ma chambre faisait écho à celui d'une horloge, un peu plus loin dans le couloir, éraflant à peine un silence compact et impénétrable que le cri d'un oiseau nocturne ou l'aboiement d'un chien ne parvenaient pas non plus à troubler. Les images de mon rêve continuaient de tourbillonner dans mon esprit. On aurait dit qu'elles s'efforçaient de composer une figure qui s'évanouissait dès que je commençais à en distinguer les contours. Quelque chose tentait de se frayer un chemin en moi, mais quoi ? Un soupçon ? un souvenir ? comme la sensation d'entendre un phrasé dans le grondement de l'eau, un chant dans le carillonnement des cloches, ou quelques mots dans les vociférations d'un groupe de personnes qui, en s'assemblant, forment une phrase complète ? Je l'ignorais. Quelques jours plus tôt, je m'en souvins, le baron avait prononcé le nom de mon village en évoquant l'époque de la guerre avec d'anciens compagnons d'armes. Et voilà que le sens de cette phrase s'éclaircissait brusquement : « Comme le jour, avait dit le baron, où notre régiment était en garnison à Nagyret... »

Quelque chose se déclencha alors en moi, comme un ressort inébranlable, et tout une série d'indices se figea soudain en une conviction inattaquable, comme ces pendules qu'on néglige depuis des années en les croyant cassées et qui, un beau jour, se remettent en marche toutes seules.

Je m'assis sur mon lit et allumai la lampe. Un sentiment mêlé de bonheur et de peur m'envahissait. Jamais je n'avais connu dans ma vie un trouble aussi exaltant, jamais une idée aussi grandiose (et toutefois incroyable) ne s'était imposée à moi. Voilà que mon existence resplendissait, fuyant les zones d'ombres, fuyant les interrogations.

Pendant des heures, mes pensées continuèrent de se dévider selon une logique interne. Ma passion pour la musique m'avait-elle été offerte par le destin pour que je puisse découvrir mon passé ? me demandais-je. Car cela tenait bien du miracle : mon violon m'avait conduit dans la demeure de mon père ! Tout s'éclaircissait maintenant. Ce n'était pas l'archet offert par Kuno qui avait attiré l'attention du baron, mais bien l'instrument que celui-ci avait laissé à ma mère pendant la guerre, alors qu'il se trouvait « en garnison à Nagyret » et qui, de nombreuses années plus tard, resurgissait de façon inexpliquable devant ses yeux.

J'avais donc un père, moi aussi, une lignée derrière moi, une place sur la branche, même s'il s'agissait du rameau des bâtards, qui me sauverait de l'oubli et de la mort ! Le sang des Blau coulait dans mes veines, et Kuno était mon frère. Voilà comment s'expliquait l'attirance que nous avions éprouvée l'un envers l'autre dès le premier instant, et que j'avais attribuée par erreur à notre passion commune pour la musique. Voilà pourquoi il m'était apparu comme le reflet de ma propre personne !

Cette nuit-là, je fus incapable de m'endormir, tourmenté par ces pensées et craignant de les égarer dans le sommeil. Mais les premières lueurs de l'aube m'apportèrent réalisme et prudence : certes tout était clair, mais rien n'était sûr et je ne disposais d'aucune vérité à crier, comme je l'avais cru, aux quatre vents. En admettant même qu'elle eût existé, il m'aurait fallu la taire en vertu d'un code tacite et inflexible, me résigner au renoncement et sceller cette histoire au fond de mon cœur comme le plus terrible des secrets. Car les choses ne prennent vie qu'au moment où on les raconte ; et une vérité qui n'est pas dite, fût-elle la plus criante, perd tout droit à l'existence. N'était-ce pas ce qu'avait voulu me suggérer le baron en faisant allusion au don que j'avais reçu, en me disant en d'autres termes de bâtir des hypothèses et de me taire ? Comme l'exigeait la règle, l'heure de partir avait sonné, l'heure de m'éloigner en promettant de ne plus revenir.

Et pourtant, quand je descendis les escaliers ce matin-là, de bonne heure comme à mon habitude, j'avais le sentiment de fouler un sol qui m'appartenait. J'observais la galerie des portraits en traquant une ressemblance sur le visage des ancêtres, et mon imagination était tellement aiguisée que je n'avais aucun mal à la déceler. J'avançais maintenant dans les pièces avec une allure majestueuse et regardais les domestiques sans la moindre crainte. Je crus même bon d'ordonner au valet de chambre qui traînait ses semelles le long du couloir de préparer mon départ pour le lendemain matin et d'avertir le baron Kuno que je souhaitais le voir. Le valet acquiesça puis s'éloigna avec une élégance peaufinée au fil des ans. J'attendis son retour une heure durant, assis dans un fauteuil. Enfin il réapparut au bout du couloir et se dirigea vers moi, si lentement qu'on eût dit qu'il marchait à contre-courant. Une fois devant moi, il m'annonça :

— Le baron Kuno va vous recevoir, mais il désire d'abord que vous visitiez les pièces de l'étage au-dessus.

Il me tendit une clef et après avoir fait volte-face, s'en retourna à ses occupations. J'ignore combien de temps je restai là en pensant que Kuno me défiait, puis je finis par me décider, m'engageant dans les escaliers avant que le château ne s'anime. J'ouvris la porte...

Je pénétrai dans un énorme salon encombré de meubles, malles, rouleaux d'étoffes et de ce que je pris pour les restes d'un décor. Je parvins non sans difficulté à me frayer un chemin parmi ces obstacles, attiré par une tenture de velours vert, semblable à un rideau de théâtre, qui partageait la pièce en deux. Je m'approchai, en soulevai un pan et chassai par ce geste des flocons de poussière.

Je ne le vis pas tout de suite. Je dus parcourir encore quelques mètres. Il était appuyé contre le mur, sous la fenêtre, avec d'autres peintures à l'huile rongées par les rats. De la même dimension que la trace pâle laissée sur le mur de ma chambre, au-dessus de la commode (l'avait-on enlevé pour m'empêcher de le voir ?), il était moins grand que dans mon rêve et bordé d'un cadre sombre. Et si le gentilhomme qui y était représenté avait un tout autre aspect, il tenait lui aussi un objet à la main.

Une canne ? Dans la pénombre, je ne pouvais pas le distinguer. Je m'avançai donc et m'aperçus qu'il s'agissait d'un rouleau de partitions. Et je vis à ses pieds ce que je m'attendais à trouver : un violon — mon violon —, que le peintre avait reproduit dans les moindres détails, jusqu'à la sculpture sur le chevillier, avec ses traits cruels et souffrants, au premier plan.

Je contemplai le portrait dans un état proche de la transe : la preuve irréfutable de mes conjonctures s'étalait devant moi. Enfin, au bout d'un moment — des heures ? des minutes ? —, j'entendis des pas résonner dans mon dos. Je me retournai : ce n'était que le valet. Un réseau de vénules rouge vermillon courait sur ses joues soigneusement rasées et ses lèvres s'étiraient en un léger sourire que je crus malicieux. Mais je découvris bientôt dans ses yeux incolores une lumière qui reflétait une immense compréhension, cette lumière même que nous imaginons dans le regard des sages. Il m'annonçait que le baron Kuno était prêt à me recevoir. L'étiquette voulait qu'il m'accompagnât, ce qu'il fit avec une grande lenteur. Enfin, je franchis le seuil de la chambre de mon frère.

Kuno était couché, la tête sur des oreillers, le visage encore pâle mais privé de toute souffrance désormais.

— Tu es venu me dire au revoir ? Assieds-toi.

Je me gardai bien de lui obéir, préférant demeurer debout au pied du lit.

— Avant que tu t'en ailles, dit-il, il faut que tu

saches quelque chose. Jadis mon père vouait au violon une telle passion qu'il ne se séparait jamais de son instrument, notamment d'un exemplaire qu'il considérait presque comme un talisman. Quand il partit pour la guerre, il l'emporta au front, où on le lui déroba. C'est pour cette raison que je t'ai demandé de me le céder : en effet, il ne t'appartient pas. J'ignore comment il est arrivé entre tes mains, mais sache que celui qui te l'a donné, qu'il s'agisse ou non de ton père, était un vaurien.

Jenö Varga se leva en titubant. Il était épuisé. A présent, il ressemblait à une enveloppe de vêtements sales, dont le contenu avait été vidé. Je jetai un regard autour de moi. Vienne dormait dans un silence que le chant des rossignols parvenait tout juste à égratigner.

L'homme jeta son manteau sur ses épaules, coiffa son melon et, son violon en bandoulière, prit congé de moi dans un bâillement :

— Je vous souhaite une bonne nuit, monsieur.

Je ne pus m'empêcher de le suivre tandis qu'il s'éloignait déjà.

— Un moment, un moment seulement, lui dis-je.

Je m'aperçus alors que j'avais crié, suscitant la curiosité d'un passant, de l'autre côté de la rue (était-ce le dernier noctambule ou le premier badaud de la journée ?).

Varga s'immobilisa, mais seulement pour rentrer les pans de sa chemise dans son pantalon.

— Un moment ! l'interpellai-je en le rejoignant. Permettez que je vous accompagne. Votre histoire n'est pas terminée. Et Sophie ? L'avez-vous revue ? Qu'est-elle devenue ?

Il s'arrêta un instant, comme frappé par cet oubli impardonnable, mais attendit d'avoir parcouru quelques centaines de mètres pour reprendre son récit.

Après avoir fui Hofstain comme un voleur, je rentrai à Vienne. Mon logement m'apparut alors dans toute sa tristesse et, au cours des jours qui suivirent, je songeai plusieurs fois à la mort. Tout m'y poussait : derrière la fenêtre de ma mansarde, la cour avait l'allure d'un cimetière dévasté avec ses pierres tombales en ordre dispersé et ses anges de marbre dont le nez semblait couler sous la pluie. J'étais incapable de toucher mon violon : j'avais l'impression que son chant avait perdu toute sa splendeur, je pensais même que l'humidité de la mansarde l'avait irrémédiablement endommagé. En réalité, sa présence ne réussissait plus à me réconforter et je m'interrogeais : la musique avait-elle fini par m'abandonner, ainsi que je l'avais toujours craint ? Enfin, je recommençai à m'exercer, mais chaque mesure ressemblait maintenant à une chambre vide, dont l'acoustique était déformée ; et quand je replaçais le violon dans son étui, j'avais l'illusion de voir son visage léonin se transformer en une chimère allongée dans son cercueil.

Y a-t-il encore une place pour la musique dans notre monde ? me demandais-je. Partout, autour de moi, je notais des signaux alarmants. Un jour que je gravissais les escaliers, je dus m'effacer devant quatre forcenés qui faisaient descendre un piano entouré d'une élingue, pestant à chaque pas, maudissant la musique et ceux qui s'y consacraient. Criblé de dettes, le baryton avait été arrêté et l'on venait saisir son unique bien : désormais je ne l'entendrais plus chanter ses romances passionnées. Quelques jours plus tard, je vis, accrochée en bonne vue dans la vitrine du marchand de légumes d'en face, une affichette portant l'inscription : « On ne fait pas crédit aux musiciens ». Était-ce possible ? Je me trouvais pourtant dans la capitale de la musique ! Mais la seule musique qu'on entendait maintenant à Vienne était celle des marches militaires, qui emplissait les rues et la radio avec ses roulements de tambours et les cris de ses cuivres. Quel rôle pouvait donc avoir mon violon dans ce vacarme martial ? m'interrogeais-je. Celui de divertir les troupes dans les moments de repos ? Serais-je bientôt obligé de jouer dans une caserne ou dans un bivouac des refrains populaires empreints de nostalgie ? ou me résoudrais-je à prendre les armes ?

Pour la première fois, je m'apercevais que le monde avait changé, qu'il était comme privé de sa propre lumière. Je ne supportais pas la présence de mes semblables, ne me reconnaissais pas dans leurs idéaux, ne les comprenais pas. Quand je marchais dans la rue et sur les places je sentais s'ouvrir en moi des brèches où la panique s'engouffrait. Les gens semblaient tous emportés par un vent de folie, une sombre folie, et poussés par un égarement qui empruntait la planimétrie rigoureuse de la ville. Anxieux de se réunir, comme s'ils refusaient d'affronter leur propre conscience, ils abandonnaient le silence des églises et des foyers, la douce chaleur des cierges et des lampes, fermaient le livre ou le missel qu'ils lisaient pour aller se mêler à la foule, entendre les hurlements qui annonçaient les prodromes de la catastrophe. Partout, ce n'étaient que meetings et débats. Au coin des rues, des êtres au-dessus de tout soupçon montaient sur une caisse renversée et se mettaient à haranguer la foule, bientôt chargée et dispersée par la police montée. Je n'avais jamais vu autant de monde de ma vie, je n'avais jamais vu une lumière aussi gaie et tragique éclairer les yeux des gens. Et sans doute n'y avait-il jamais eu pareille attente, pas même pour le Messie.

Quant à Sophie, je l'avais plus ou moins oubliée, comme si j'avais laissé à Hofstain une partie de moi-même ; à présent, ce qu'il en restait errait dans les rues de Vienne, sans le moindre idéal. J'étais convaincu que je ne jouerais plus, que la séduction de la musique s'était à jamais éteinte en moi, et avec elle l'image de Sophie, ainsi que mes rêves d'amour et de perfection. Un jour, pas si lointain, je frapperais à la porte de l'entreprise de mon beau-père en disant : « Me voilà ! ». Et je tirerais sans doute des avantages de ce choix : vêtu d'un complet sombre garni d'une chaîne et d'une montre en or, je rencontrerais peut-être ma bien-aimée au cours d'un voyage, certes pas ainsi que je l'avais toujours rêvé, non, mais de loin, la croisant dans un hôtel et demandant au propriétaire qu'il me donne la chambre au-dessus de la sienne pour que je puisse m'allonger sur le sol et l'écouter.

Au cours d'une de mes nombreuses errances dans les rues de la ville, je fus attiré par une affiche fraîchement collée sur une palissade. Je m'approchai et fus foudroyé par ce que je lus : Sophie Hirschbaum se produisait en concert à Vienne. C'était comme si la vie revenait vers moi, et j'eus l'illusion un instant que le monde, mon monde, tournait encore.

C'est ainsi que je la revis, cinq ans après notre première rencontre. J'avais dépensé une somme disproportionnée à mes moyens pour acheter une place d'orchestre. Me remarquerait-elle, là où j'étais placé, me demandais-je, et me reconnaîtrait-elle ? J'étais un homme désormais, et l'image qu'elle devait avoir de moi, si tant est qu'elle l'eût conservée, était celle d'un enfant.

Elle se présenta, très élégante dans une robe longue de soie noire, qu'un nœud noir serrait à la taille, comme une apparition magique, engendrée par le croisement de faisceaux de lumière savamment dosés, pareille à un frêle équilibre que n'importe quelle ombre pouvait bouleverser. Enfin, je contemplai à nouveau son expression sévère et son air de défi et j'eus l'impression qu'elle me regardait droit dans les yeux, comme tous les spectateurs ayant une place d'orchestre sans doute. Brusquement, je fus envahi par un sentiment de panique et mon cœur se mit à battre la chamade. Je sentais que Sophie était en danger, que nous étions tous en danger, qu'il fallait réagir. Le monde, cette salle risquaient de s'effondrer d'un moment à l'autre. Comment était-ce possible ? Personne ne paraissait se rendre compte du danger qui nous menaçait ! Les musiciens et le chef d'orchestre — il s'agissait de Joachim Boehme — ne paraissaient pas le moins du monde inquiets. Comment pouvaient-ils rester tranquillement assis en attendant le début du concert, leurs instruments à la main et leurs yeux posés sur les spectateurs ? Les exécutants, Sophie en tête, s'apprêtaient avec une incroyable indifférence à jouer, à bouleverser les règles de la vie quotidienne, les règles de l'existence commune. Ils demeuraient là, devant leurs partitions couvertes de points noirs empanachés, prêts à obéir à un geste qui était à la fois la marque du commandement et de la soumission.

Après s'être inclinée vers le premier violon pour donner le *la*, comme en un bref échange de confidences, Sophie releva brusquement la tête et fit un signe au chef d'orchestre, qui attaqua aussitôt l'allégro du premier mouvement du *Concerto pour violon et orchestre* de Mendelssohn. L'orchestre avait à peine commencé de jouer que j'eus la sensation très précise du danger qui nous menaçait. J'avais envie de me lever et de crier : « Silence ! Vous n'entendez rien ? » Il me semblait percevoir une fois encore le vacarme qui m'avait assailli deux heures par jour et deux cent quarante jours par an, pendant cinq ans, au Collegium Musicum : le vacarme de l'ouragan qui se fraie un chemin parmi le grincement des troncs, brise les branches et éparpille des milliers d'oiseaux. Oui, le monde courait à sa dissolution et personne ne s'en apercevait ! Ma bien-aimée Sophie fermait même les yeux, distribuant encore et encore ordre, rythme et harmonie. Il fallait que les musiciens s'arrêtent, me disais-je, qu'ils tendent l'oreille pour localiser le danger !

C'est au cours du deuxième mouvement, au beau milieu de l'andante, que ma sensation se concrétisa en un chœur dans mon dos, un chœur exécuté lèvres serrées, un murmure qui s'enflait lentement. Bientôt, d'autres spectateurs l'entendirent enfin et se retournèrent, essayant de faire taire les gêneurs. Illusion ! L'indignation et les « chut ! » répétés ne pouvaient suffire. Le murmure grondait de plus en plus, rythmé par des piétinements ; il finit par se transformer en un fracas intolérable, obligeant le chef d'orchestre à interrompre le concert. Les lumières se rallumèrent. Une rixe avait éclaté dans le poulailler, dont les occupants étaient passés des remarques aux insultes et aux gifles. La police entra avec fracas dans la salle et éloigna les gêneurs. L'obscurité retomba tandis que le faisceau d'une torche électrique continuait de balayer le poulailler. Mais le tumulte n'avait pas cessé. On entendait encore des voix dans le foyer, des pétards dans la rue et des cris qui scandaient des slogans incompréhensibles.

A la fin du concert, des sifflements, partant du

fond de la salle, se mêlèrent aux applaudissements et finirent par les submerger. Les gens commençaient déjà à quitter le théâtre. Sophie Hirschbaum, la grande violoniste que le public avait toujours encensée, la contraignant à d'interminables *bis*, n'aurait même pas eu droit à un rappel si Boehme n'avait pas insisté, la prenant par la main et la conduisant devant un groupe d'admirateurs passionnés (moi, le premier) qui se brûlaient les mains à force d'applaudir. Voilà, je pouvais enfin contempler de près le visage qui m'avait comblé pendant toutes ces années, mais point encore apaisé.

Le public se dispersait maintenant comme s'il obéissait aux conseils de prudence anti-incendie affichés dans le bureau de M. Grenze. Oui, ils fuyaient le danger « avec diligence mais sans céder à la panique ». Profitant du trouble général, j'avançai vers la scène, dépassai les musiciens qui se pressaient devant leurs loges et appelai Sophie à voix haute. Quelqu'un me montra un couloir que je parcourus entièrement, ne trouvant au bout qu'une loge vide, ou plutôt abandonnée en toute hâte. Je suivis une flèche qui indiquait sur le mur la sortie des artistes. J'eus tout juste le temps de l'apercevoir tandis qu'elle se dirigeait vers la portière ouverte d'une voiture, au milieu d'une foule gesticulante, dont Boehme lui-même, encore vêtu de son frac, tentait de la protéger, lui faisant un bouclier de son corps, les bras levés comme les ailes d'une mère poule. Puis la voiture démarra en vrombissant.

Je sortis et me frayai un chemin parmi ces gens qui s'agitaient encore en direction de la voiture — certes pas par admiration. Tout en marchant, j'essayais de comprendre ce qui avait déchaîné leur fureur. Tirés de leur hébétude par un signal de force, par une promesse qui voulait satisfaire leurs instincts les plus bas, ils venaient assister dans une stupeur somnambulesque à un lynchage, à une exécution capitale, grondant et se pressant pour voir ce qu'il se passait. Ils ondulaient avec « diligence mais sans céder à la panique », tournant le dos à leur salut, dans leur marche aveugle vers la perdition et l'anéantissement.

En me libérant de ce troupeau, je longeai l'entrée du théâtre. Des lambeaux de papier voletaient le long de l'escalier. Affiches et programmes avait été arrachés des murs, recouverts désormais d'inscriptions outrageantes et de symboles obscènes.

Quelques jours plus tard, j'entendis frapper à ma porte. Je courus ouvrir. Le visiteur était un homme au crâne rasé, à la petite moustache à la mode, aux lunettes pourvues de verres épais, à la voix insinuante. Je le reconnus aussitôt. Un soir, au château de Hofstain, il m'avait demandé ce qui me rendait si sûr d'avoir du talent. C'était un fonctionnaire — je ne m'étais pas trompé sur son aspect —, un fonctionnaire de police, et il venait chercher mon violon, exhibant des papiers datés de 1698, qui en attestaient l'achat par un certain Johann Blau. Kuno exigeait à présent que je lui restitue l'instrument. Voulais-je affronter un procès ?

voir la mémoire de mon père salie ? être jugé comme receleur ? L'homme au crâne rasé s'exprimait sur un ton curieusement bienveillant : cette situation désagréable le désolait, affirmait-il, et il comprenait mon désarroi. Mais je n'avais pas le choix. Comment pouvais-je garder un objet en sachant qu'il ne m'appartenait pas ?

En silence, je contemplai une dernière fois mon violon avant d'en refermer l'étui. L'homme s'en empara puis se dirigea vers la porte ; mais, apitoyé sans doute par ma docilité, il se retourna avant de sortir et m'adressa un sourire réconfortant.

— Courage, mon garçon, le monde est plein de bons violons, et quand on a du talent...

Il ignorait que tout était fini pour moi.

Quelques mois plus tard, les troupes du Troisième Reich envahirent l'Autriche sans coup férir, ou plutôt dans la liesse générale. En mars 1939, je m'engageai dans l'armée. La guerre éclata en septembre ; je fus expédié sur le front occidental, et par la suite sur le front russe. J'eus la chance de rentrer vivant chez moi. Chez moi ? Mais où ? Mon beau-père était décédé. J'appris qu'il avait compté au nombre des fournisseurs de l'armée, que son usine avait été gravement endommagée par les bombardements et qu'il en avait entrepris la reconstruction avec ténacité avant de périr, en 1946, dans un accident de la route. Kuno Blau semblait avoir disparu. Quant à Sophie, après avoir survécu au camp de Treblinka, elle avait été emportée par une phtisie dans un sanatorium suisse. Je la suivis. J'avais juré de la suivre dans la vie, et je le fis aussi dans la mort.

Je ne comprenais pas ce que Varga avait voulu signifier par ces derniers mots. En vérité, mes pensées étaient occupées par la crainte de le perdre de vue. Il commençait d'accélérer le pas et j'avais des difficultés à rester dans son sillage.

— Vous reverrai-je ? lui demandai-je.

— Je ne crois pas, car je retourne dans mon pays. Mais si vous y tenez, vous pouvez toujours me rendre visite. Là-bas, tout le monde me connaît.

Au bout d'un moment je finis par me laisser distancer. Il se retourna une dernière fois pour me lancer :

— Souvenez-vous : les musiciens appartiennent à la race de Caïn, Genèse, 4, 21.

Puis il s'éloigna au pas de course, son manteau se gonflant avec le vent, si bien que je m'attendais à chaque instant à le voir bondir et s'envoler au-dessus des toits, en direction d'un ciel désormais diaphane. Je ralentis, les yeux toujours fixés sur lui. Bientôt il disparut à un coin de rue.

Je rentrai à l'hôtel aux premières lueurs de l'aube. Au lieu de me coucher, je me mis à transcrire frénétiquement dans un cahier tout ce dont je me souvenais. Je sentais que je possédais les ingrédients d'une histoire. Je travaillai toute la journée et m'écroulai en fin de soirée, vaincu par le sommeil. Le lendemain matin, je relus mes notes mais les mots de Varga s'évanouissaient déjà et nombre de détails me semblaient dénués de sens.

Je m'attardai encore un peu à Vienne et entrepris des recherches dans des bibliothèques et des écoles de musique. Je réussis à m'entretenir avec des musiciens dont la formation remontait aux années trente, mais aucun ne sut me fournir des informations concernant le prétendu Collegium Musicum ou des instituts qui mettaient en pratique des méthodes aussi rigoureuses, même si, à l'époque, ce genre de discipline était de règle dans les conservatoires. Je ne pus rien savoir non plus au sujet de Sophie Hirschbaum : le narrateur avait, à l'évidence, modifié les noms de lieux et de personnes. Je recommençai donc à errer dans la ville dans l'espoir de le retrouver, parcourant en tous sens la rue où il s'était évanoui, mais sans résultat. Je m'aventurai dans des hôtels borgnes, des centres d'assistance sociale, des instituts charitables, mais personne n'avait entendu parler d'un musicien du nom de Jenö Varga.

Je m'apprêtais désormais à rentrer chez moi en concluant que j'avais probablement eu affaire à un mythomane, quelques jours plus tôt, dans le quartier de Grinzing. Et pourtant il y avait dans la folle lucidité de son histoire, dans le ton triste de sa confession, quelque chose d'authentique, matière à un journal intime, pensai-je, plus qu'à un roman. J'avais rempli un cahier de notes, et je raconterais donc ce que j'avais vu et entendu au cours de ces deux soirées imprévisibles. Le lecteur en tirerait les conclusions qu'il souhaiterait. Mais je n'étais pas convaincu. J'avais l'impression qu'en quittant Vienne j'abandonnai une partie encore ouverte.

Ses derniers mots me revenaient sans cesse à l'esprit. Il avait dit qu'il avait juré de suivre Sophie et qu'il avait tenu son engagement. Mais suivre où ? me demandais-je. Dans la mort ? Pas dans la mort physique en tout cas. Voulait-il parler d'une mort différente : la mort des aspirations, la mort spirituelle ? Et le violon, « ce violon » ? d'où le tenait-il ? Le fonctionnaire de police au crâne rasé ne l'avait-il pas emporté et rapporté dans le salon de musique du château de Hofstain ? J'étais parfois assailli par le doute, et sur le point de conclure à une plaisanterie, certes de mauvais goût. Je ne cessais de penser à ses derniers mots ; soudain, j'eus une illumination : je compris qu'il m'avait donné une indication avant de s'en aller.

— Vous pouvez toujours me rendre visite, m'avait-il dit. Là-bas, tout le monde me connaît.

Là-bas, là-bas... Il n'avait certainement pas fait allusion aux enfers, songeais-je, mais plutôt à son village natal. Comment s'appelait-il ? Nagyret ? Ce ne devait pas être bien loin de Vienne. C'est ainsi que, le lendemain, je louai une voiture et partis pour la Hongrie. J'avais consulté une carte où figuraient deux villages portant ce nom. Mais le Nagyret en question, si je m'en souvenais bien, était situé à la frontière entre l'Autriche et la Slovénie. Non sans difficultés, je parvins en fin d'après-midi à une localité typique de la plaine magyare, une agglomération de maisons basses dans des dégradés de jaune et de gris, adossées les unes aux autres comme pour former une rue principale et de nombreuses rues secondaires qui ne menaient nulle part, sinon à la pleine campagne. Un village que j'aurais pu croire abandonné si je n'avais pas aperçu du linge séchant dans des petites cours. Le seul bâtiment qui se distinguait des habitations était une petite église peinte en rouge magenta. Je garai la voiture à l'ombre d'un orme et m'avançai à pied. Ce n'est qu'au bout d'un moment que je commençai à distinguer des signes de vie : des rideaux qui s'écartaient, des voix, une petite vieille vêtue de noir qui se signa à mon passage... Je finis par arriver à ce qui devait être le seul lieu de rencontre du village, une maison assez commune que je n'avais pas remarquée, un peu plus tôt, en voiture. Elle différait des autres par le rideau vert, assez crasseux, qui en protégeait l'entrée, et par quelques autocollants d'une marque de bière appliqués sur les vitres. C'était une auberge, et donc le lieu le plus approprié pour demander des renseignements, pensai-je. Je pénétrai à l'intérieur d'un air digne et saluai en allemand deux clients et le propriétaire sans recueillir la moindre réaction. L'endroit était dépouillé, ainsi qu'en témoignaient le sol en terre battue et un vieux rouleau de papier tue-mouches accroché au plafond. L'aubergiste s'adressa à moi en hongrois, me demandant probablement ce que je désirais boire. Il y avait sur le grand comptoir de bois une dame-jeanne munie d'un tuyau en plastique et d'un robinet, qui contenait sans doute la seule boisson de la maison, je l'indiquai donc d'un geste. Le propriétaire nettoya le comptoir à l'aide d'un torchon, prit un verre épais sur un égouttoir, derrière lui, et le remplit de vin. Je m'installai à une table près de l'entrée. Le vin — s'il s'agissait vraiment de vin — était de très mauvaise qualité. Au bout d'un moment, devinant qu'on m'observait, je tentai une approche : l'un d'entre eux connaissait-il un certain Jenö Varga ? Aucune réponse. Personne ne semblait me comprendre. Je continuai toutefois de parler car le son de ma voix me rassurait, je prononçai plusieurs fois le nom de Jenö Varga, mimai même les gestes d'un violoniste. Mais les trois hommes demeuraient impassibles. L'aubergiste lavait des bouteilles dans une bassine d'eau savonneuse et les reposait ensuite sur l'égouttoir, le goulot en bas.

L'un des deux clients quitta sa table et sortit. J'attendis encore un peu en sirotant le vin au goût acidulé, et quand je me levai pour payer, le propriétaire me fit signe de patienter. Bientôt, le rideau qui masquait l'entrée s'écarta et je vis apparaître le premier client, accompagné d'un prêtre d'environ soixante-dix ans qui m'apprit dans un allemand parfait qu'il était le curé du village. Avec un soupir de soulagement, je posai une pièce de monnaie sur la table et me mis en route vers l'église en sa compagnie.

— Vous êtes venu pour Jenö ? me dit-il au bout d'un moment. Pauvre garçon, un grand talent. Ici, tout le monde s'en souvient encore.

Le sens de ses paroles m'échappait. Nous étions arrivés devant l'église, mais le prêtre ne s'arrêtait pas. Il s'engagea sur un sentier qui contournait l'édifice et me conduisit à un petit cimetière ceint d'un mur de pierre. Je franchis la grille avec lui et le suivis parmi les tombes. Enfin, il s'immobilisa devant une pierre tombale entourée de saxifrage. Je lus le nom qui y était inscrit : Jenö Varga, 1919-1947.

— Ce n'est pas la personne que je cherche, m'exclamai-je. J'ai discuté avec Jenö Varga il y a quelques jours, à Vienne. Il s'agit sans aucun doute d'un homonyme.

— Il y a quelques jours ? (Le curé paraissait troublé.) Et de quoi avez-vous parlé ?

Je lui racontai brièvement l'histoire.

Le curé secoua la tête d'un air perplexe :

— A vous entendre, vous semblez vraiment avoir parlé à Jenö, dit-il. Mais j'ai assisté moi-même à son enterrement, il y a quarante ans. Et là-bas, venez voir, il y a la tombe de sa mère, morte en couches à l'âge de trente-sept ans.

— Non, non, dis-je fermement.

Le prêtre, qui s'avançait déjà dans une petite allée, revint sur ses pas. Puis il me demanda après quelques hésitations :

— Êtes-vous vraiment sûr d'avoir...

Je l'interrompis :

— Je ne suis plus sûr de rien.

Une fois devant la grille du cimetière, il m'invita chez lui, mais je n'avais qu'une seule envie désormais : partir. Je prétextai un rendez-vous urgent à Vienne et m'éloignai après l'avoir salué. Sa voix retentit à nouveau. Je tournai la tête, sans m'arrêter, et entendis :

— Parfois les morts empruntent des chemins fort étranges pour communiquer avec les vivants.

Sur la route, sans doute vaincu par la fatigue, je m'endormis au volant et fis une embardée aux environs de Sollenau. Je me réveillai à l'hôpital, les bras cassés, victime d'un grave traumatisme crânien. J'étais resté inconscient deux journées entières. Lorsqu'on me permit de sortir, je retrouvai mes effets personnels, à l'exception du cahier que j'avais posé sur le siège à côté de moi. Il s'était perdu dans l'accident. Avais-je vraiment écrit ces notes ? Avais-je vraiment rencontré Jenö Varga ? Vu sa tombe à Nagyret ? Je n'osai plus enquêter. Je préférai conclure que la réalité et le rêve s'étaient si bien superposés qu'il était désormais impossible de les distinguer.

Épilogue

Il s'est écoulé un certain temps depuis cette étrange rencontre à l'hôtel Dorchester de Londres. L'homme dont je ne parviendrai plus à me rappeler le nom, dût-il vivre mille ans (au reste, il n'avait pas non plus prêté attention au mien), partit comme il était venu, emportant avec lui une histoire incomplète, une énigme dont j'ai peine à croire qu'il trouvera un jour la solution. Je m'abstins de mentionner l'institut psychiatrique. Ainsi, quand il me demanda d'où venait le violon, je lui dis que le propriétaire avait souhaité rester anonyme. Peut-être aurais-je pu lui fournir un indice, le mettre sur la bonne voie, mais c'eût été m'exposer, et je ne le voulais pas, par crainte de l'embarras que cela m'aurait causé.

Mon chauffeur est mort il y a peu de temps. Et dire que je l'ai connu enfant... Je regrette sa discrétion, son style, son élégance, sa courbette imperceptible quand il m'ouvrait la portière, son uniforme impeccable et sa façon d'appareiller ses gants avec un léger claquement. J'ai la nostalgie de sa nuque, de son regard doux dans le rétroviseur et même de sa coupe de cheveux. Au cours de ses nombreuses années de service, je n'ai jamais entendu le moindre crissement de pneus et n'ai jamais eu l'occasion de l'accuser d'user les freins inutilement. Il était la symbiose parfaite de la mécanique et de la physiologie. Il était la douceur faite conduite. Étant donné son âge, il eût mieux valu qu'il ne me suive pas dans mon exil, mais il avait tant insisté... Hélas, après toutes ces années vécues en Amérique du Sud, le climat européen ne lui a pas réussi.

Mon nouveau chauffeur est grand et couvert de taches de rousseur. Il a les cheveux roux, un peu longs dans le cou, ne supporte pas la casquette et refuse de porter des gants. A la suite du bref entretien de sélection, je lui ai exposé mes exigences, qui ne sont ni nombreuses ni pénibles, et je lui ai demandé si tout était clair, s'il avait des objections ou des questions. Il a voulu savoir en premier lieu si j'entendais me servir longtemps de cette relique, en se référant à ma Daimler. Et quand je lui ai répondu que je ne voyais aucune raison de la changer, il a tordu la bouche en un petit sourire ironique qui n'a pas plaidé en sa faveur. Hélas, il n'est pas facile de nos jours de trouver un bon chauffeur, il faut se contenter de peu. Et il est vain d'espérer que cet homme bougera le petit doigt pour accomplir ce qui ne relève pas des attributions fixées dans son contrat. Non pas qu'il me manque de respect, il a simplement l'arrogance de la jeunesse. Parfois, quand je croise son regard dans le rétroviseur, je m'aperçois qu'il m'observe, ce qui m'oblige à me déplacer sur le siège de gauche afin de l'éviter. Mais c'est l'image d'un rapace glabre et osseux qui m'apparaît alors ; l'œil brillant et bleu fait place au visage ridé d'un nonagénaire.

Il m'arrive souvent de donner un coup de canne sur la vitre de séparation pour l'inviter à rouler moins vite. Mais la hâte est un privilège des jeunes, et il ne se rend pas compte que c'est ainsi qu'on brûle sa vie. Plus nous courons, plus nous brûlons le temps qui nous est imparti, de la même façon que les moteurs — je devrais le lui faire remarquer — brûlent d'autant plus de carburant qu'ils tournent vite, bien qu'en ce qui me concerne la consommation excessive de carburant soit la dernière chose au monde qui m'inquiète. Si, dans ma jeunesse, j'ai aspiré à la science, j'ai obtenu la richesse avec l'âge mûr, et ce, peut-être malgré moi : tandis que je marchais à la recherche de la pierre philosophale, j'ai posé le pied dans la boue visqueuse et huileuse d'un gisement de pétrole qui n'a pas encore tari. Oui, voilà le danger le plus grave pour celui qui arpente la voie de la sagesse : le brillant irrésistible de l'or. Pourtant, la richesse comporte quelques avantages : elle m'a permis de rentrer en possession, au fil des ans, de tout ce qui avait été perdu par ma famille, et en dernier lieu du violon auquel toute cette histoire est liée.

Aux environs d'Innsbruck, la neige s'est remise à tomber, plus fort désormais. Mon chauffeur a la bonté de ralentir. A travers les *demi-lunettes** dégagées par les vigoureux essuie-glaces sur le pare-brise enneigé, j'aperçois un véhicule, renversé au milieu de la route, et des hommes en imperméable jaune, munis de gyrophares, qui gesticulent pour nous indiquer une déviation.

Nous quittons la route départementale. A l'abri des sapins, la tourmente semble s'être apaisée. Nous empruntons une route étroite et sinueuse. Désormais la nuit est presque entièrement tombée et les phares ont des difficultés à percer la neige fondue. Une fois arrivés à un carrefour, je dois de nouveau taper sur la vitre pour crier au chauffeur d'une voix stridente que je ne reconnais pas :

— Hofstain se trouve de l'autre côté !

Pourquoi donc m'oblige-t-on à crier à mon âge ? Il n'y a rien de pire qu'un vieillard grincheux. Mon chauffeur hausse les épaules et recule assez pour s'engager dans la bonne direction. La neige n'a pas encore recouvert la route et ma fidèle Daimler avance comme sur du velours, sans menacer un instant de déraper.

Nous parvenons au château dans la soirée. Heureusement, personne ne nous fait attendre. Qui sait depuis combien de temps les gardiens sont sur le qui-vive ? Je n'ai entretenu que des rapports épistolaires avec ce couple marié. Ils sont plus âgés que je ne l'avais cru en lisant leur date de naissance sur leur curriculum vitae. L'homme est petit et menu, la femme plus grande au moins d'une

* En français dans le texte.

tête ; c'est elle qui paraît dominer la situation. Avec une expérience à toute épreuve, elle fournit les indications nécessaires à son mari pour qu'il range les bagages, et au chauffeur pour qu'il s'installe dans l'aile des domestiques. Des vieillards, disais-je, même s'ils sont plus jeunes que moi. Mais leur vieillesse est humble, tandis que la mienne est arrogante ; elle est résignation, alors que la mienne est défi. Je suis le vieux châtelain à l'intention de qui on a préparé le dîner au bout de la longue table, vide désormais, allumé toutes les cheminées et toutes les lumières de Hofstain.

J'ai fini par avaler quelques bouchées en les accompagnant d'un verre de bourgogne, afin de ne pas blesser une aussi bonne cuisinière, puis j'ai ordonné aux deux domestiques de se retirer et de me laisser seul.

Que reste-t-il à un vieillard comme moi ? Le passé, cet abîme grouillant de personnages et d'histoires, et quelques souvenirs qui se posent parfois sur le bord escarpé et tremblent comme un papillon dans la brise.

Je quitte la table et le repas encore intact, ou presque, et me dirige vers le salon. Je m'assieds sur le canapé en face du grand portrait de Margarete, et mon cœur commence à battre la chamade. Si la vieillesse vous apporte des dons, ce ne sont ni la sagesse ni l'expérience, mais seulement la mémoire retrouvée de notre jeunesse. J'aperçois en transparence la nervure opaline de sa main qui se pose sur le clavier du clavecin. Je revois son sourire tandis qu'elle joue des mélodies françaises ;

elle interprète *Le Rappel des oiseaux* de Rameau, alors que la lumière décline dans le vaste jardin et que des oiseaux affluent de toute part, peuplant rapidement la cime des arbres, d'où s'élève un grand vacarme que seule la tombée de la nuit fait taire. L'obscurité a envahi le château. J'allume les bougies pour qu'elle puisse distinguer la partition. Elle me sourit, peut-être partage-t-elle mes pensées. Dans cette douce lueur, son visage semble sortir d'un tableau de La Tour.

Jamais je ne l'ai autant désirée ! Jadis, comme saisi par une douce hallucination, j'avais l'impression d'adopter ses propres traits, de me glisser dans un être différent, d'avoir le privilège de la contempler de l'intérieur de la façon dont je me percevais moi-même ; je fermais les yeux, j'avais un mouvement de surprise, je lui souriais. Et le visage de Margarete m'imitait à la perfection, j'étais en elle, et elle me revêtait comme une robe somptueuse : elle était la peau et moi, l'épithélium, elle était l'expression et moi, le mouvement. Mais elle demeurait la femme de mon frère.

Je n'ai pas su l'accepter. J'ai fui à l'autre bout du monde, après avoir juré de ne plus revenir tant qu'elle serait en vie. Mais je ne pouvais imaginer que la lettre que j'expédiais à ma mère, dans laquelle je lui communiquais la décision et la raison de mon départ, arriverait avec tant de retard, et que le corps d'un suicidé inconnu serait identifié comme étant le mien et enterré à ma place dans le cimetière de la famille. A présent, la fosse est vide. J'ai appris que le corps de l'étranger fut exhumé une nuit en grand secret et enseveli dans une autre terre bénie. Mais ma mère ne se remit pas de cet effroi. Elle en demeura marquée pour le reste de ses jours.

Étrange qu'il y ait aujourd'hui, parmi les pierres tombales de tous les membres de la dynastie Blau, une pierre qui porte mon nom... J'ai parlé de tous les Blau. En réalité, il en manque un. Mais il nous rejoindra bien vite. J'ai encore dans ma poche la lettre que m'a envoyée il y a peu de temps l'Institut Mariahilf de Vienne, où mon neveu a passé les dernières — et tourmentées — années de sa vie, et je ne résiste pas à la tentation de la relire.

Illustrissime baron Gustav Blau,

je réponds avec retard à votre demande. J'ai soigné, en effet, pendant de nombreuses années un patient du nom de Kuno Blau, à l'Institut Mariahilf. J'apprends aujourd'hui seulement qu'il s'agissait d'un de vos parents proches. Sujet typiquement schizoïde affligé d'un délire de grandeur (comportant des allusions fréquentes à l'immortalité), il commença à manifester avec le temps des signes de dédoublement de plus en plus fréquents, finissant par atteindre un état pratiquement constant de personnalité dissociée, scindée en deux parties bien définies : la première, soumise, caractérisée par asthénie, difficulté de déambulation, aphasie et perte de mémoire. La seconde, dominante, pléthorique, marquée par une forte loghorrée et de nettes prédispositions pour la musique, se présentant sous le nom de Jenö. Le violon semblait constituer le point commun, le trait d'union *des deux personnalités, mais d'une façon très différente puisqu'il traduisait dans la première, du nom de Kuno, un sens de la propriété à l'état pur et un attachement parfois fétichiste ; et dans la deuxième, correspondant au nom de Jenö, un moyen d'expression réel (le sujet se révélait alors un violoniste de grand talent). Au cours des derniers mois, ce second état l'a emporté sur le premier au point de l'annuler, dans un délire irréversible qui a duré jusqu'à la mort par arrêt cardiaque, le 18 décembre 1985. En l'absence de parents vivants, ses effets personnels ont été mis en vente pour couvrir, au moins en partie, les dépenses d'hospitalisation, et la dépouille a été inhumée au cimetière de Baumgarten, dont l'administration pourra vous donner les indications nécessaires à la translation du corps.*

J'ai étudié ce cas avec un grand intérêt, et si vous désirez en savoir plus, je vous conseille de lire le prochain numéro de la revue Die Neue Psychiatrie, *où je l'ai minutieusement décrit en conservant l'anonymat du sujet.*

DANS LA MÊME COLLECTION

Svetlana Alexievitch, *Ensorcelés par la mort*. Traduit du russe par Sophie Benech.

Vladimir Arsenijević, *A fond de cale*. Traduit du serbo-croate par Mireille Robin.

Saul Bellow, *En souvenir de moi*. Traduit de l'anglais (États-Unis) par Pierre Grandjouan.

Saul Bellow, *Tout compte fait. Du passé indistinct à l'avenir incertain*. Traduit de l'anglais (États-Unis) par Philippe Delamare.

Joan Brady, *L'Enfant loué*. Traduit de l'anglais par Pierre Alien. Prix du Meilleur Livre Étranger 1995.

Joan Brady, *Peter Pan est mort*. Traduit de l'anglais par Marc Cholodenko.

Peter Carey, *Oscar et Lucinda*. Traduit de l'anglais (Australie) par Michel Courtois-Fourcy.

Peter Carey, *L'Inspectrice*. Traduit de l'anglais (Australie) par Marc Cholodenko.

Peter Carey, *Un écornifleur* (Illywhacker). Traduit de l'anglais (Australie) par Jean Guiloineau.

Fred D'Aguiar, *La Mémoire la plus longue*. Traduit de l'anglais par Gilles Lergen.

Junot Díaz, *Comment sortir une Latina, une Black, une blonde ou une métisse*. Traduit de l'anglais par Rémy Lambrechts.

Albert Drach, *Voyage non sentimental*. Traduit de l'allemand par Colette Kowalski.

Stanley Elkin, *Le Royaume enchanté*. Traduit de l'anglais (États-Unis) par Claire Maniez et Marc Chénetier.

Jeffrey Eugenides, *Les Vierges suicidées*. Traduit de l'anglais (États-Unis) par Marc Cholodenko.

Eric Fosnes-Hansen, *Cantique pour la fin du voyage*. Traduit du norvégien par Alain Gnaedig.

William Gaddis, *JR*. Traduit de l'anglais (États-Unis) par Marc Cholodenko.

William Gaddis, *Le Dernier Acte*. Traduit de l'anglais (États-Unis) par Marc Cholodenko.

Eduardo Galeano, *Mémoires du feu*, tome I, *Les Naissances*. Traduit de l'espagnol par Claude Couffon.

Eduardo Galeano, *Mémoire du feu*, tome II, *Les Visages et les Masques*. Traduit de l'espagnol par Véra Binard.

Natalia Ginzburg, *Nos années d'hier*. Traduit de l'italien par Adrienne Verdière Le Peletier. Nouvelle édition établie par Nathalie Bauer.

Nadine Gordimer, *Le Safari de votre vie*. Nouvelles traduites de l'anglais par Pierre Boyer, Julie

Damour, Gabrielle Rolin, Antoinette Roubichou-Stretz et Claude Wauthier.

Nadine Gordimer, *Feu le monde bourgeois*. Traduit de l'anglais par Pierre Boyer.

Nadine Gordimer, *Personne pour m'accompagner*. Traduit de l'anglais par Pierre Boyer.

Nadine Gordimer, *L'Écriture et l'existence*. Traduit de l'anglais par Claude Wauthier.

Allan Gurganus, *Bénie soit l'assurance*. Traduit de l'anglais (États-Unis) par Simone Manceau.

Allan Gurganus, *Lucy Marsden raconte tout*. Traduit de l'anglais (États-Unis) par Élisabeth Peellaert.

Oscar Hijuelos, *Les Mambo Kings*. Traduit de l'anglais (États-Unis) par Pierre Alien et Jean Clem.

Nick Hornby, *Haute Fidélité*. Traduit de l'anglais par Gilles Lergen.

Neil Jordan, *Lignes de fond*. Traduit de l'anglais (Irlande) par Gabrielle Rolin.

Nicholas Jose, *Pour l'amour d'une rose noire*. Traduit de l'anglais par Anne Rabinovitch.

Ryszard Kapuściński, *Imperium*. Traduit du polonais par Véronique Patte.

Jerzy Kosinski, *L'Ermite de la 69e Rue*. Traduit de l'anglais (États-Unis) par Fortunato Israël.

Barry Lopez, *Les Dunes de Sonora*. Traduit de l'anglais (États-Unis) par Suzanne V. Mayoux.

James Lord, *Cinq femmes exceptionnelles*. Traduit de l'anglais (États-Unis) par Pierre Leyris et Edmonde Blanc.

Patrick McCabe, *Le Garçon boucher*. Traduit de l'anglais (Irlande) par Édith Sookindt-Bielok.

Norman Mailer, *Oswald. Un mystère américain*. Traduit de l'anglais (États-Unis) par Pierre Grandjouan.

Norman Mailer, *L'Évangile selon le Fils*. Traduit de l'anglais (États-Unis) par Rémy Lambrechts.

Salvatore Mannuzzu, *La Procédure*. Traduit de l'italien par André Maugé.

Salvatore Mannuzzu, *La Fille perdue*. Traduit de l'italien par Nathalie Bauer.

Valerie Martin, *Mary Reilly*. Traduit de l'anglais (États-Unis) par Annie Saumont.

Jess Mowry, *Hypercool*. Traduit de l'anglais (États-Unis) par Pierre Alien.

Péter Nádas, *La Fin d'un roman de famille*. Traduit du hongrois par Georges Kassai.

V.S. Naipaul, *La Traversée du milieu*. Traduit de l'anglais par Marc Cholodenko.

V.S. Naipaul, *Un chemin dans le monde*. Traduit de l'anglais par Suzanne V. Mayoux.

V.S. Naipaul, *La Perte de l'Eldorado*. Traduit de l'anglais par Philippe Delamare.

Tim O'Brien, *A la poursuite de Cacciato*. Traduit de l'anglais (États-Unis) par Yvon Bouin.

Tim O'Brien, *A propos de courage*. Traduit de l'anglais (États-Unis) par Jean-Yves Prate. Prix du Meilleur Livre Étranger 1993.

Tim O'Brien, *Au lac des Bois*. Traduit de l'anglais (États-Unis) par Rémy Lambrechts.

Jayne Anne Phillips, *Camp d'été*. Traduit de l'anglais (États-Unis) par André Zavriew.

Salman Rushdie, *Le Dernier Soupir du Maure*. Traduit de l'anglais par Danielle Marais.

Salman Rushdie, *Est, Ouest*. Traduit de l'anglais par François et Danielle Marais.

Salman Rushdie, *La Honte*. Traduit de l'anglais par Jean Guiloineau.

Salman Rushdie, *Le Sourire du jaguar*. Traduit de l'anglais par Anne Rabinovitch.

Salman Rushdie, *Les Enfants de minuit*. Traduit de l'anglais par Jean Guiloineau.

Paul Sayer, *Le Confort de la folie*. Traduit de l'anglais par Bernard Hoepffner.

Donna Tartt, *Le Maître des illusions*. Traduit de l'anglais (États-Unis) par Pierre Alien.

Pramoedya Ananta Toer, *Le Fugitif*. Traduit de l'indonésien par François-René Daillie.

Dubravka Ugrešić, *L'Offensive du roman-fleuve*. Traduit du serbo-croate par Mireille Robin.

Dubravka Ugrešić, *Dans la gueule de la vie*. Traduit du serbo-croate par Mireille Robin.

Serena Vitale, *Le Bouton de Pouchkine*. Traduit de l'italien par Jacques Michaut-Paternò.

Edith Wharton, *Les Boucanières*. Traduit de l'anglais (États-Unis) par Gabrielle Rolin.

Edmund White, *Écorché vif*. Traduit de l'anglais (États-Unis) par Élisabeth Peellaert et Marc Cholodenko.

Edmund White, *La bibliothèque qui brûle*. Traduit de l'anglais (États-Unis) par Philippe Delamare.

Jeanette Winterson, *Écrit sur le corps*. Traduit de l'anglais par Suzanne V. Mayoux.

Jeanette Winterson, *Le Sexe des cerises*. Traduit de l'anglais par Isabelle Delors-Philippe.

Tobias Wolff, *Un mauvais sujet*. Traduit de l'anglais (États-Unis) par Anouk Neuhoff.

Tobias Wolff, *Dans l'armée de Pharaon*. Traduit de l'anglais (États-Unis) par Rémy Lambrechts.

Cet ouvrage a été composé par
Nord Compo (Villeneuve-d'Ascq)
et imprimé sur presse Cameron
par **Bussière Camedan Imprimeries**
à Saint-Amand-Montrond (Cher)
pour le compte de la Librairie Plon

Achevé d'imprimer en mars 1998.

N° d'édition : 12919. — N° d'impression : 981835/1.
Dépôt légal : avril 1996.

Imprimé en France